長編超《スーパー》伝奇小説
書下ろし
魔界都市ブルース

菊地《きくち》秀行《ひでゆき》

傭兵《ようへい》戦線《せんせん》

NON NOVEL

祥伝社

CONTENTS

カバー&本文イラスト／末弥　純
装幀／かとう　みつひこ

二十世紀末九月十三日金曜日、午前三時ちょうど——。マグニチュード八・五を超《こ》す直下型の巨大地震が新宿区を襲った。死者の数、四万五〇〇〇。街は瓦礫《がれき》と化し、新宿は壊滅《かいめつ》。そして、区の外縁には幅二〇〇メートル、深さ五十数キロに達する奇怪な〈亀裂〉が生じた。新宿区以外には微震さえ感じさせなかったこの地震は、後に〈魔震《デビル・クエイク》〉と名付けられる。

以後、〈亀裂〉によって〈区外〉と隔絶《かくぜつ》された〈新宿〉は急速な復興を遂《と》げるが、その街を産み出したものが〈魔震〉ならば、産み落とされた〈新宿〉はかつての新宿であるはずがなかった。早稲田《わせだ》、西新宿、四谷《よつや》、その三カ所だけに設《もう》けられたゲートからしか出入りが許されぬ悪鬼妖物がひしめく魔境——人は、それを〈魔界都市〝新宿〟〉と呼ぶ。

そして、この街は、哀しみを背負って訪れる者たちと、彼らを捜《さが》し求める人々との物語を紡《つむ》ぎつづけていく。あらゆるものを切断する不可視の糸を手に、魔性《ましょう》の闇を行く美しき人捜し屋《マン・サーチャー》——秋《あき》せつらを語り手に。

第一章　砂漠の血

1

数メートル離れれば、誰でも影のように滲《にじ》む本降りであった。

〈新宿〉は、故《ゆえ》に朝から影の国であった。

午前九時少し前、〈四谷《よつや》ゲート〉を渡って来た車《しゃ》輛《りょう》が、駐車場所で停止し、上部ハッチを跳《は》ね上げて、ヘルメット・ゴーグル着用の顔が現われた。車は米軍の装甲車M1126ストライカーであった。

通常タイプなら、一二・七ミリ重機関銃と七・六二ミリ軽機関銃二門が付属するが、火炎放射器のノズルが覗《のぞ》いていることが、その所属が米軍とは無縁のものだと告げていた。通常は一四・五ミリ機関銃弾に耐えるのだが、車体前面や上部には鉄板が熔接《ようせつ》され、弾痕も生々しい。戦うために造られ、現実に戦火の中を走り廻《まわ》ってきた車体であった。

ハッチで雨を凌《しの》ぎながら、ゴーグル男は天上をふり仰《あお》いで、

「いやあ、いきなりこれかよ。昨日までの我が身をふり返ると、別天地だぜ。まるで天国だ、なあ？」

下へ呼びかけた。

返事は、彼自身がすることになったが、それは誰の耳にも聞こえなかった。

眉間《みけん》に小さな穴が開いた。ジャスト直径一ミリの針状弾頭は、彼の頭骨《とうこつ》を貫通してもスピードを落とさず、射出孔《しゃしゅつこう》のサイズも変えず、大量の脳漿《のうしょう》が噴出することもなかった。

車内で誰かが叫んだ。

「敵だ！」

どよめきが上がり、数秒足らずで熄《や》んだ。

同じ射入孔が続けざまに車体に穿《うが》たれたのである。車内で苦鳴《くめい》が上がり、すぐ静かになった。

機関銃を思わせる連射ぶりであったが、五〇〇メートルほど離れた貸しビルの屋上で、

「任務完了」

と放《はな》った人影の手にした武器は、明らかに旧式もいいところのモーゼルＫａｒ《カール》98ボルト・アクションライフルであった。

もちろん、七・九二ミリの通常弾丸ではない。針状芯《しん》を装塡《そうてん》した円筒弾《カバー》をこめられるよう、弾倉と薬室を改良したものだ。

だが、弾丸は何であろうと、一発ごとに引き戻さねばならないボルト・アクションを、機関銃並み——一〇発／秒で連射し得る手練《しゅれん》は、人間のものではなかった。

柵《さく》の隙間《すきま》から六〇〇ミリの銃身を突き出した寝射《う》ちの姿勢から起き上がろうとする射手の横で柵にもたれていた影が、

「ヨーロッパ傭兵《ようへい》部隊のナンバー4——『グループ・ゴリアテ』の第一戦闘部隊、〈新宿〉にて全滅か。大したものだな」

男は姿勢を崩さず、眼を細めた。安物のスーツとネクタイ。誰が見ても、屋上で景色を眺《なが》めているビルの住人にしか見えまい。見事なカモフラージュ役だ。

「先に行くわよ」

射手は女であった。

立ち上がるや、帽子をとって、ヘアバンドを外す。若い美貌《びぼう》の周囲で、黄金の雲が乱れたようであった。金髪は腰までかかった。

手際《てぎわ》よくＫａｒ98を分解し、用意したトランペット・ケースに隠すのを、男は見ようともしなかった。見慣れているのだ。

ましてや、火のように真っ赤なワンピース姿とては。

「少し目立つぞ」

男がこちらを見ずに咎《とが》めた。

「これくらいは大目に見てよ」

娘は淡いルージュを塗った唇を、微笑の形に歪《ゆが》めた。

「久しぶりの都市戦よ。せめて女らしく死にたいじゃないの」

「死のことばかり――」

と言いかけて、男は諦《あきら》めた。とうの昔に諦めているのだが、この女の容姿を前にすると、つい出てしまう。

「先に行くわ。後はよろしく」

女は昇降口の方へ歩き出した。すぐ下の階はトランペットも含む音楽教室だ。あと数秒で終了時間なのは調査済みである。生徒たちに混じって出れば、完璧だ。

後頭部に電流が走った。

身を沈めつつ軸足《じくあし》に体重を乗せてふり返る。

一秒とかからなかった。死神が任務完了と記《しる》すための時間だ。

だが、敵は待っていた。

直径一〇センチ、厚さ二・三ミリの円盤《ディスク》は、明らかに磁力飛行を選択していた。

厚みの部分に点滅中の紅《あか》いサインは、レーザー・ガンのものだろう。

とりあえずの対抗策は左眼球の表面に塗布《とふ》した麻痺線放射装置《パラライザー》だが、相討ちは願い下げだ。

「さあ、どうするＤＤ《ディーディー》？」

緊張につぶれかかった自分の声に腹が立った。

ＤＤ――円盤型無人偵察機《ディスク・ドローン》の後方で青白い光がねじ曲がっている。故障を表わす電磁波の漏洩《ろうえい》であった。

突然、ＤＤは四つに裂けた。床にぶつかり、数センチ跳ね上がってから、静かになった。青い光も消えた。

「失礼」

昇降口に立つ人影が言った。

黒のコートをまとった若者だ――そう見て取っただけで、女の理性は消し飛んだ。別の世界へ入ったと言ってもいい。

かがやきが、破片の方へ顎《あご》をしゃくって、

「僕を狙《ねら》った」

と言った。それから、

「墜《お》とすつもりがしくじった」

とつけ加えた。

「機械のくせに殺気ムンムンだったわ。絶対に私を狙ってた」

と女は、音楽教室の生徒の仮面を脱ぎ捨てて言った。この若者に偽《いつわ》っても無駄だ。顔を合わせただけで、自分の精神《こころ》の底まで露呈してしまったのだから。それでも自分を取り戻そうとしながら、

「私——鈴香《すずか》」

と名乗った声は、静かなものであった。柵に寄りかかったままの男が、はっとふり向いた。

「何処《どこ》のどなたか存じませんが、自分の持ち物くらい、ちゃんと始末してください」

「敵のオモチャ」

と若者は言って、右手を前へのばした。

四つの遺体は勢いよく跳ね上がって、切られたピザみたいに手の平に重なった。


「どーも」

背中を向けた若者へ、滲み出る恍惚《こうこつ》を押し隠しながら、

「ねえ、名前くらい名乗ったら?」

「秋《あき》」

鈴香の眼から、恍惚の光が消し飛んだ。

「——ひょっとして、秋せつら?——どうして、気がつかなかったんでしょう。いい男すぎて、何も考えられなかったんだわ。ねえ、私のこと——忘れてくれますわね?」

足も止めずに昇降口をくぐる寸前、若者の右手が上がった。

鈴香は立ち尽《つ》くした。緊張の後に、恍惚が復活したのである。

「急げ」

柵にもたれかかった男が命じたが、口調は弛《たる》んでいる。彼も若者を見てしまったのだ。腑《ふ》抜《ぬ》けになるのを、誰も責められない。

「パトカーが来た。ここも捜索《そうさく》されるぞ」

うなずいて、鈴香は昇降口の方へ歩き出した。一歩目で足がもつれた。

「しっかりしろ。おまえに何かあれば、おれまで危険にさらされるぞ」

「そうなる前に自分で始末をつけるわよ」

息をひとつ激しく吐《つ》いて、鈴香は歩き出した。足取りはもう乱れはしなかった。


バス停の方へ向かいながら、携帯を開いた。

たちまち直径三〇センチほどに広がった3Dスクリーンに、

「たった今」

の文字が広がり、穴だらけの装甲車に群がる人々が映った。画面の何処かから、パトカーのサイレンが近づいて来る。

内部へ入ろうとしているのは〈区民〉で、遠巻きが観光客に違いない。


不意に画面が変わった。

内部へ入った〈区民〉が撮《と》ったカメラの映像を、携帯が選択したのだ。

乗員はすべて息絶えているように見えた。

壁面にも床にも操縦席にも血がとび散り、倒れ伏した男たちは、ぴくりとも動かない。全員眉間を射ち抜かれていることに、撮影者が気づいたかどうか。

「こりゃ凄《すご》い。久しぶりのプロによる大量殺人事件だ」

と俄《にわか》カメラマンの声が入って来た。どこか落ち着いているのは、〈新宿〉では珍しい殺人現場ではないからだ。

「ええ、全員死亡だ。間違いない」

操縦席まで進んで、絶命した二人を映し、

「計八人。全員死亡です。もう少し、内部を調べてみます」

力強い宣言は、ナルシシズムの表われであった。

カメラが車内に戻って、仰向《あおむ》けに倒れた兵士に接写をかける。眼を見開いているくらいで退《ひ》いていては、〈新宿区民〉とは言えない。

「軍隊じゃないですけど、認識票をチェックします」

と、死体の襟元《えりもと》を開く動きにも停滞はない。薄い金属プレートが現われた。刻まれた文字にズームを利《き》かせて、

「あったあった。えーと、『グループ・ゴリアテ』ハイショー・レンデル。C級人《クラス・マン》」

せつらはそこで携帯を切った。

「油断じゃない」

「グループ・ゴリアテ」といえば、五本の指に入る民間軍事会社だ。軍隊顔負けの兵器や装備を売りものに、潤沢《じゅんたく》な資金に物を言わせて、米ネイビーシールズや海兵隊、ロシアのスペツナズ、英MI6の精鋭を雇用し、要人や重要物資の護衛運搬を主要任務とする。

今回殲滅《せんめつ》されたのは、所属する戦闘グループのひとつにすぎないが、第一戦闘部隊といえば、冷酷無《れいこくむ》比《ひ》の腕利き揃《ぞろ》いとして知られる。ほどなく「ゴリアテ」のみならず、軍事会社全般の株価暴落を含む大騒動が、世界中のニュースやSNSを駆け巡《めぐ》るだろう。

せつらの左横を、人の形をした言葉が、

「こりゃ、戦争だぞ」

と走り去った。

反射的に、

「ピンポン」

とせつらは口にしていた。

バスで〈歌舞伎町《かぶきちょう》〉へ出た。

少しも変わらない雰囲気がせつらに、

——立派
と思わせた。「ゴリアテ」襲撃のニュースは、すでに〈区民〉全員が知っているはずだ。後に何が起きるかも。それが〈区民〉には、どうということも

ないのだった。

　依頼主との待ち合わせ場所は、〈新宿コマ劇場〉裏手の〈ルノアール〉だった。

　ドアを開けるや、吹き込む初秋の風に屈強な顔が一斉《いっせい》にこちらを向いて、たちまち恍惚となる。どんな剛直な精神力の持ち主でも、会話を再開するまで五分は必要だ。

　店内を見廻すと、いちばん奥のボックスにかけていた小柄な老人が立ち上がって、

「こっちこっち」

　と手招いた。

　せつらを前にすると、両手を腿《もも》に当てて、丁寧《ていねい》に頭を下げ、

「交渉担当の境田《さかいだ》です」

　と名乗って、名刺を手渡した。

　せつらも名乗って坐《すわ》ると、

「いやあ、眼球シールドが、ボヤけさせてはくれますが、それでもうっとりする。さすが〈魔界都市〉。住人も悪魔のように美しい」

　心底《しんそこ》、惚《ほ》れ惚《ぼ》れとした声は、溜息《ためいき》のようであった。

「どーも。で？」

　境田は二度うなずいてから、またも長い溜息を吐《つ》いて、

「この人物を捜し出していただきたい」

右の拳《こぶし》を上向きにテーブルに乗せてから開いた。手の平に五センチ角のスクリーンが生じた。

　見覚えのある顔が、きつい表情を向けている。

「データはあとでこの写真ともども差し上げます。名前は鈴香グレイスン――米最大の財閥のひとつ『グレイスン・アームズ』の現社長ケネス・グレイスン氏の元妻であり、現在、ケネス・グレイスンの生命《いのち》を狙う最悪最凶のテロリストであります」

　境田は沈痛な面持《おもも》ちで告げ、

「二〇分ほど前に、〈四谷〉近くで」

　こう返されるや、

「ええーっ!?」

眼を丸くした。近くの客がふり返る。

「冗談だけど」

席を立ちかけた境田は、全身の力を失って、勢いよく席に戻った。

2

「グレイスン・アームズ」は米軍需産業の一大コングロマリットであり、その傘下にはミサイル、戦車、ヘリ、戦闘艦船製造会社を擁《よう》する。銃器シェアは全米の七割、兵器では六割五分に及ぶ、いわば死の商人のトップであった。

アメリカというより、世界の紛争の火種を一手に握る大企業の顧客は、敵味方を問わぬ戦いの当事者たちである。

今なお終焉《しゅうえん》の兆《きざ》しも見せぬ中東の争いでは、敵味方を問わず、大量の兵器を売りつけて、莫大《ばくだい》な収益を上げている。その悪名を一躍世界的なものにしたイラク・ザリノス戦争では、あるジャーナリストの手によって、突如《とつじょ》誕生した小国ザリノスが、「グレイスン・アームズ」の造り上げた偽装国家だと暴露され、世界の非難を浴びた。無論、戦火と兵器販売網の拡大を企《たくら》んだものである。X年前のインドネシアとパキスタン紛争においても、いったんは和解状態まで漕《こ》ぎつけた両国を、新たな戦禍《せんか》に引き戻したのは、後者の首都を攻撃した謎の——実は「GA《グレイスン・アームズ》」の依頼を受けた米原潜からのミサイルだったとされる。

「我が社の存在理由は、あらゆる戦いを公平なものとすることにある」

と宣言したのは、創立者の故エミール・グレイスンであった。

当然、四面楚歌《しめんそか》が大企業を襲う。国家からテロ組織に至る戦闘集団と平和主義者たちによる抗議と攻撃は日常茶飯事《にちじょうさはんじ》だ。

各国に置いた支社や関連企業は寧日《ねいじつ》もなく、ミサイルや弾丸の雨を浴び、ＶＩＰの外出は特別の防禦《ぼうぎょ》策を講じねば不可能であった。

だが、国家的企業といえど、原則的に軍隊の出動はままならない。かくて、民間の軍事会社がその任を担うことになる。

各国の軍隊からの引退者や現役のベテラン若手を含めた戦いのプロが、その能力を生かすべくこれらの組織を造り上げたのは、ある意味当然の帰結であった。

アメリカ国内だけで、数年前のテロ最盛期には、百を超すこちらも民間企業が勃興《ぼっこう》し、「核ミサイル以外」のあらゆる兵器を手に紛争国へと向かった。

銃声と爆破音の中で名を上げたのは、大規模な「会社」ではなく、ほとんど個人的と言ってもいいグループであった。

傭兵のＯＢたちの集団「グロリアス・バスターズ」。

米ネイビーシールズや海兵隊の猛者《もさ》たちが設立した「ホワイト・バッファロー」。

アメリカ人を排した独ＧＳＧ９や英ＭＩ６、露スペツナズ隊員等からなる「キング・タイガー」。

だが、そのどれをもってしても主任務たる要人警護が全《まっと》うできず、苦杯を呑《の》まされ続けるテロ組織がひとつある。

活動歴一年と半にして、あらゆる軍と民間軍事組織にその名を轟《とどろ》かせたハイパー集団「ＨＳＧ」であった。

ハイパーと呼ばれ、「ＨＳＧ《ホモ・スペリオール・グループ》」の名称に異を唱《とな》える者もない小テロリスト集団は、どの国家にも属さず、標的も特定しないまま、人間が為《な》し得《う》るあらゆる防禦策を退《しりぞ》けて、必殺の弾丸と死とを送り込んだ。

「あいつら超人《ホモ・スペリオール》だ」

記者会見で呻《うめ》いた米大統領の言葉は、議事録と、世界の人々の耳に残っている。

「〈区外〉にいる間、いかなる国も組織も彼らを阻止することはできませんでした。グレイスン氏と離婚した鈴香は、ここで対テロ技術を学んだものと思われます。ですが、彼女はもうひとりのメンバーと、二カ月前に『HSG』を円満に離脱いたしました。グレイスン氏を自《みずか》らの手で仕留《しと》めることが目的なのでしょう」

と境田は述懐《じゅっかい》した。眼に憎悪の光があった。

「しかも、今回は鈴香グレイスンの出身地〈魔界都市〉が戦場です。彼らは〈区外〉以上に思うまま力を揮《ふる》うことは間違いありません。われわれも最善の策を施《ほどこ》して――」

「『ゴリアテ』？」

せつらは茫洋《ぼうよう》と訊《き》いた。嫌がらせかもしれない。

境田は苦い表情を隠さず、

「正直申し上げて、彼らも決め手のひとつでした。残念なことです。鈴香グレイスンはさっそく、いや増しの実力を発揮したといってよろしいかと存じます」

「やるな」

せつらはつぶやいた。本気で感心したのかどうかはわからない。

「――しかし――いや、あなたはもう、しかもついさっき、当人と遭遇された。お選びした私の眼に狂いはなかったと、内心ほくそ笑んでおったところです。すべてお任せしましょう。報酬の件は、このディスク内に明記されております」

アタッシェケースから、ディスクの入ったプラスティック・ケースを取り出し、せつらの方へ押しやった。

「お断わり」

「は？」

境田の口がぱかんと開いた。二秒と少しでそれを閉じ、

「失礼だが、鈴香グレイスンを殺せとも、逮捕しろとも要求してはおりません。ただ発見し、我々が駆

けつけるまで、監視していただくだけでいいのです。報酬は――」

資料に眼を落として、

「一千万米ドル――現金、宝石、貴金属、不動産――どのような形でも構いません」

「じゃ」

せつらは立ち上がった。

「お待ちください。理由をお教え願いたい」

もっと遠くの客がこちらを向いて――前の客同様、恍惚と椅子《いす》の背や肘《ひじ》かけにもたれた。

せつらは無言で店を出た。ふり返りもしなかった。用件はすでに終わっていた。

〈十二社《じゅうにそう》〉に戻ったのは、一〇時少し前である。

二つ先のバス停で下りた。

バスを追うように、通りを一〇〇メートルほど歩き、左へ折れた。

細い路《みち》の左右は住宅の塀《へい》である。どれにも細い亀《ひ》裂《び》が不規則な蜘蛛《くも》の巣のように走っている。

一二軒目で、様子が変わった。

コンクリートの門の片側に嵌《は》め込まれた青銅《せいどう》の銘《めい》板《ばん》には、

「児童養護施設あけぼの」

と彫《ほ》り込まれていた。

あの頃のままだ。

ただし、鉄柵の向こうにそびえる建物の窓ガラスはすべて失われ、広いとは言えない庭も昼近い光の下《もと》に荒涼《こうりょう》を尽くしている。

親の保護を失った子供たちの過ごした歳月の残滓《ざんし》は何処にもなかった。廃園になったのは、〈魔震《デビル・クエイク》〉の一年後だ。風がせつらの髪をわずかに乱した。それが合図――とでもいうふうに、せつらはもと来た方へ歩き出した。

二度とふり返らなかった。

店の前に停《と》まったイスラエルのアチザリット装甲

車が眼に入っても、せつらは気にしなかった。おかしな依頼人には慣れている。装甲車の乗員ははじめてだが。

向こうもせつらを認めたか、側面ドアが開くや、ごつい装備付きの人影が、ぞろぞろと通りに並びはじめた。

男五人に女がひとり。

全員、戦闘服の上に防弾プレートを付け、手にはライフルその他の武器を提《さ》げている。敵意のないのを示すためか、銃身を斜め上に向け、銃本体は胸に当てているが、いざとなれば、転瞬《てんしゅん》のうちに銃口はこちらを向いて火を噴《ふ》くに違いない。そのくせ、殺気一片だに滲み出さない精悍《せいかん》さが不気味だった。

せつらが近づいても、その精悍さは微動もしなかったが、頬《ほお》は林檎《りんご》のように染まった。

三メートルほどの間を置いて足を止めると、ひときわたくましい金髪の大男が、流れるような日本語で、

「おれたちは『アルマゲドン』という民間傭兵部隊の者だ。何処の国の政府にも企業にも所属していない。おれはリーダーのヘルス・ジャーゲン。〝大佐〟と呼んでくれ。——秋せつらさんだな？」

「イエス」

と答えると、全員が笑みを深くした。

「で？」

とせつら。

「今、おれたちは『グレイスン・アームズ』に売り込みをかけている。境田の依頼を断わったそうだな？」

「文句でも？」

なぜ知っていると訊かないのが、せつららしい。

「いやいや」

ジャーゲン——〝大佐〟は顔を横にふった。苦笑している。

「おたくの意思は尊重する。ただ——鈴香グレイスンに関する情報が欲しい」

「ない」

「とは思えんのだ——と言ってもその根拠はない。戦闘屋の勘《かん》だ」

　少し間を置いて、

「合ってる」

　とせつらは応じた。背後の面々の間を険《けわ》しい波が渡った。

「やっぱりな」

〝大佐〟は苦笑を濃くしたが、笑いは笑いだ。次の言葉も険しくはなかった。

「——協力してもらえるかね？」

「ノー」

　はじめて、殺気といえる翳《かげ》が、一同の顔を横切った。

「何故《なぜ》かね？」

「話したくない」

「それは困るわ」

　背後の人影が女声の異議を唱えた。

　革《かわ》ジャンの下に紺《こん》のタートル・セーターとジーンズという、きわめて平凡な衣裳《いしょう》の女であった。世界一のモデルと比《くら》べても遜色《そんしょく》のない美女だ。モデルへの道を進まなかったのは、右頰に残る火傷《やけど》の痕《あと》のせいだろう。その痕さえほの紅く染めながら、

「はじめまして、ハンサムさん。私、ギル・ギャラガー。狙撃担当よ」

　胸前に抱《かか》えたライフルは、レミントンＭ７００ボルト・アクションだ。右脚《みぎあし》の膝《ひざ》すれすれまで下げたコンバット・ベルトの布製ホルスターに収まっているのは、米軍のＭ17制式拳銃だ。様々な部品を装着できるモジュラー・タイプで、赤外線暗視装置やレーザー式ダットサイト、二四連ロング・マガジンが付属している。Ｍ７００も大きく感じられるしなやかな身体《からだ》つきだけに、異様に目立つ。もとはＳＩＧ《シグ》のＰ３２０。それまでの制式拳銃ベレッタＭ92ＦことＭ９は、すでに退役済みだ。

「ねえ、鈴香と会ったと認めてるんなら、話ぐらい

聞かせてくれても罰《ばち》は当たらないわ」

「外人が罰と言うな」

ギルは青い眼を剝《む》いた。

「あーら、そんな綺麗《きれい》な顔して差別主義者《レイシスト》？」

「努力を惜しむな」

せつらは横の垣根についた門の方へ歩き出した。

止める声も、怒りの気も尾《つ》いて来なかった。

〈秋人捜し《DSM》センター〉のオフィスたる畳敷きの六畳間へ上がると、コートを着たまま、卓袱台《ちゃぶだい》の前の座《ざ》布団《ぶとん》に胡座《あぐら》をかき、「湯沸《わ》かしセット」を引き寄せた。

今朝入れ替えた水をポットが沸騰《ふっとう》させ、保温装置が充分な熱湯状態に保っているはずだ。

ポットの給湯口の下にセットされた急須《きゅうす》に、これもセットの缶から番茶の葉を少な目に入れて、ポットのスイッチを押した。薄目が好みだ。

六畳間に胡座をかいて、番茶を嗜《たしな》む黒コートの若者。これだけでも奇抜な光景だが、〈新宿〉の雑《ざっ》踏《とう》を颯爽《さっそう》と行く彼の姿を知る者が見れば、呆気《あっけ》に取られることだろう。だが、その眼は恍惚と彼を見つめているに違いない。たとえ裸で一升瓶《いっしょうびん》をラッパ飲みしようと、秋せつらの美貌は、恍惚以外の感情《こころ》を許しはしない。

茶の葉から、充分な香りと味が湯に溶けるまで待って、せつらは急須から湯呑みに移してひと口飲《や》った。

「うい〜」

と洩《も》らした意味はわからない。酔っ払いの真似《まね》かもしれないが、行為自身の意味も不明だ。

コートからスマホを取り出し、店のカメラにつないだ。相変わらず、列を作る客たちを、バイトの女の子がさばいている。このペースなら月収一〇〇万は下るまい。これが〈新宿〉だ。眼の前でやくざが射ち合っていても同じだろう。〈区民〉さまさまである。

きっちり一杯飲んでから、せつらはスマホを操作した。少し時間がかかった。

スクリーンが空中に広がった。

お下げの少女の顔が照れ臭そうな微笑《ほほえ》みを浮かべていた。右隣に美しい少年がいた。せつらに似ている。

右下端に文字が浮いている。七月二〇日。

夏だ。どんな日か、せつらは覚えていなかったが、スクリーンは晴れ渡っていた。どんな経緯《いきさつ》の写真か、撮影者は誰か。何処にも記載はない。

数秒でスマホを戻し、せつらは立ち上がった。

穏《おだ》やかなものが、周囲に満ちていた。

外へ出て、近くの公園前にあるうどん屋に行った。

ガラス戸を軽く叩《たた》いてから、

「空《す》いてる?」

と訊いた。

返事には間があった。驚きと期待のせいである。

「あ、あ、大丈夫です」

娘の声だ。今年二十一歳になると聞いている。一年前短大を出て、今の店主の倅《せがれ》と一緒になった。せつらが聞いたわけではない。娘が夢うつつの状態で語り尽くしたのだ。このとき、〈新宿署〉の刑事が別の席にいて、しみじみと署《うち》に欲しいと洩らした。

「どんな口の固い容疑者《タマ》でも、顔見ただけで自白《ゲロ》しちまうぜ。迷宮《おみや》入りなんてなくなる。理想の警察が実現するぞ」

昼休みまで少しあるせいで、席は半分も埋まっていなかった。

3

せつらは南の壁際《かべぎわ》に腰を下ろした。

彼を見た客席から、喘《あえ》ぎ声が上がる。

お茶を運んで来た娘は、サングラスをかけていた。長いつき合いである。対せつら作戦は万全だ。

肉なんばんを注文して、せつらは厨房《ちゅうぼう》の上の壁にセットされたテレビに眼を移した。

ニュースの時間であった。〈新宿TV〉のお馴染《なじ》みのアナウンサーが、原稿を読み了《お》えたところで、「殺人事件」のテロップが流れた。

米軍の装甲車で〈四谷ゲート〉から入って来た民間軍事会社の戦闘員八名が射殺された。車内の七人も含めて全員が眉間を射ち抜かれているところから、〈妖術《ようじゅつ》射撃〉の遣《つか》い手《て》の仕業《しわざ》ではないかとの疑いが浮上した。〈新宿警察〉では、その方面の専門家の協力を得て、慎重に捜査していく予定。

アナウンサーが、この辺のことを告げて、すぐ別のニュースに替わった。さして重大な扱いでもなかった。〈魔界都市〉では、よくある大量射殺事件にすぎない。

次のニュースも終わったとき、肉なんばんが来た。蕎《そ》麦《ば》の歯ごたえも、出汁《だし》の具合も申し分なかった。あと一〇分もすれば、ガイドブックを見た観光客と〈区民〉の席の取り合いになるだろう。

「ふむふむ」

と納得しながらつるつる食《や》っているところへ、観光客らしい格好のカップルが入って来た。どちらも三〇代と思《おぼ》しく、派手な化粧の女のほうは、ガイドブックを手にしている。店内を眺め、せつらを見て、女が口をO《オー》の字にすぼめた。

「ご馳走《ちそう》さま」

せつらはテーブルを離れた。娘が、あら？　という表情になった。蕎麦も汁《つゆ》もまだ残っている。

それでも恍惚と料金を受け取り、お釣《つ》りを払った。

店を出ると、せつらはのんびり道を戻って交差点を渡り、通りの反対側の公園に入った。

珍しく人はいなかった。

ブランコのところに行って、二つ並びの右側にかけた。

二つの影が近づいて来た。あのカップルだった。

キイキイという音が耳に入る位置で、二人は足を止めた。二人とも背中にリュックを背負っている。

「どうしてわかった？」

と男が訊いた。せつらが店を出たのは自分たちの正体を見抜いたからだと看破《かんぱ》しているのだ。

「ガイドブックに指をはさんでいた」

とせつらは言った。

「あのガイドブックのあの位置のページに、あの店の名は出てこない」

「へえ」

女の唇がまた○の字を作った。

「もうひとつ」

せつらの口調は、およそ状況にそぐわない。カップルの全身からは殺気が滲み出ているのだ。

「僕の顔を見ても、赤くならなかった」

女のほうが眼もとへ指を当てた。歪曲《わいきょく》レンズを取り付けているのだ。

「正直、殺すのが惜しくなった」

と男が呻くように言った。感動してしまったのだ。

「仲間に入れたいくらいだが、そうもいかない」

「まったくね」

女の眼が赤光《しゃっこう》を放った。そこから六〇〇〇度のレーザー・ビームが迸《ほとばし》る寸前、女の眉間から血と脳漿が噴出した。

男のほうはすでに右手に〝ダートペン〟を握っていた。万年筆に偽装した武器は、クリップ型の発射スイッチを圧《お》して、内蔵したタングステン製の毒針を発射する。

男の顔面が血と脳漿と化して前方へ噴出したとき、秒速六〇〇メートルの針はせつらの顔面を貫いていた。巨大な弧を描いて後方に舞い上がった美貌の残像を。

振り戻ったブランコから、せつらがひょいと着地したのは、公園の出入口から、新たに三つの影が走り寄って来てからだ。

「無事か？」

と訊いたのは、〝大佐〟であった。

レーザー・ライフルをぶら下げている。後の二人はそれぞれ後方と左右に目を光らせている。向かって右のアラブ男が肩付けしたライフルの上部と、左側の刈り上げアングロ・サクソンのゴーグルには、3Dレーダーが装備されて、索敵に余念がないはずだ。刈り上げ男は四本の円筒弾倉《チューブ・マガジン》を下部に取りつけた多用途散弾銃《マルチ・ショットガン》ケル＝テックKSG4を腰だめにしている。

「何をしに？」

せつらはにべもない。生命の恩人だと爪《つめ》の先ほども思っていないらしい。

「あんたと別れて駅の方へ向かう途中で、あいつらを見かけたのだ。二年と少し前に、チュニジアで闘《や》り合った『ホークアイ』って戦闘グループのメンバーだ。その先にあんたの家がある。ちょっと気になってな。間に合って何よりだ」

「チュニジアがなぜ僕を？」

当然の質問をせつらはした。

「推測だが、おれたちを潰《つぶ》して、『グレイスン・アームズ』と契約しようって腹だ。あんたを狙ったのは、単にこの街での仕事に邪魔になると思ったからだろう。おれたちとは違って、少々やり方が荒っぽい」

「わお」

ここで、〝大佐〟はにんまりと相好《そうごう》を崩して、

「勝手を言うようだが、貸しが出来た。鈴香についてあんたの知ってることを教えてくれ」

「女狙撃者《スナイパー》はどこ？」

「よくわかったな」

〝大佐〟は呆《あき》れたように肩をすくめた。

せつらは、後の二人のライフルに眼を光らせ、

「五・五六ミリ」

と言った。

「これは驚いた。脳みそのぶちまけ度で、穴を開け

たライフルの口径までわかるのか。確かに、あの女に七・六二ミリを射ち込んだのはギルだ。三〇〇メートルばかり離れたビルの上にいるよ」

せつらは求めた答えに興味を示さず、

「余計なお世話だった」

「あン?」

〝大佐〟のごつい顔から、温厚さが消えた。

せつらの指が後の二人をさした。

訝《いぶか》しげな表情へ、

「好きなときに」

と心臓に手を当てて見せた。射ってみろという意味だ。

二人は顔を見合わせてから、〝大佐〟へ視線を移した。怒りが目を濁らせている。

〝大佐〟はうなずいた。

「よし」

言うなり、右手のレーザー・ライフルが上がった。リーダー自らの不意討ちであった。手首のスナップを利かせただけの狙いは、鎌首をもたげた蛇のように見えた。

それきり動かないリーダーの姿を、後の二人は、せつらへの威圧と見た。

せつらがまた心臓に拳を当てた。

「この」

二人はすでにせつらへ向けていた銃の引金《トリガー》を引こうとして——動かなくなった。

全員が骨に食い込む痛みに半《なか》ば意識を失ったのである。

「……い……いつだ。秋せつ……ら?」

〝大佐〟の声は臨終《りんじゅう》を思わせた。

「さっき、家の前で会ったときに」

先のテロリストにも、妖糸《ようし》は巻いてあったのだ。見えざる射手のレミントンが唸《うな》る前に、襲撃者たちは死者の国に足を踏み入れていたのだった。

「わかった……ほどいてくれ……貸しは……間違いだった」

途端に三人はよろめいた。

「いつかはわかったが——何をどうしたんだ？」

アラブ系が、これも達者な日本語をせつらに向けた。

せつらの調査はして来たのだろうが、一〇〇〇分の一ミクロンのチタン鋼の糸を自在に操《あやつ》るとは資料になかったのだ。ましてや、それが戦闘服の隙間から蛇のごとく忍び入り、刃《やいば》の痛みで全身を絡《から》めるなどとは。

「それでは、失礼しよう」

〝大佐〟は荒い息をつきつき、通りの方へ身体を廻しかけ、そこでふり向いた。

「この二人を紹介しておこう。アラブ系がヤム・バキラ——M4A1を扱わせたら天下一品だ。対人——どころか、ジェット戦闘機でも戦車でも始末してみせる——こっちの刈り上げが、ドルフV。そのKSG4で、何度も敵の基地を潰し、戦艦も沈めてきた」

「よろしくな」

「また会おうぜ」

二人の顔に怒りは跡形《あとかた》もなかった。せつらの技に、ほとほと感じ入ってしまったのだ。

なお周囲に気を配りながら進む三人の背に、

「今日の朝、九時八分に、『西村《にしむら》ビル』で」

世にも美しい声が、こう貼りついた。

「男が一緒だった。身長一七四、体重七一、紺のスーツにレジメンタル・タイ。頬骨が目立つ。落語家の立川《たてかわ》××似の日本人」

「高宮《たかみや》だな。〈妖術射撃〉の師匠だ」

と〝大佐〟が前方を見たまま言った。

「必要に応じて相棒を替えるものだが、鈴香は入隊以来高宮だ。余程《よほど》ウマが合うらしい」

「鈴香はどんな格好をしていた？」

ヤム・バキラがふり返って訊いた。不満そうな声である。

「おれたちが知りたいのは、鈴香グレイスンの情報だ。服装でもハンドバッグの色や形でもいい。教えてくれ」

切迫した表情は、鈴香という名の女がいかに恐るべき存在かを如実《にょじつ》に示していた。

その肩を〝大佐〟が叩いた。顔だけせつらに向けて、

「感謝する」

と言った。

「だが、どうして教えてくれる？」

「余計なお世話だけど、世話は世話」

いかつい顔が歪んだ。微笑したのである。

「『ホークアイ』はまた襲って来るぞ。あんたひとりで――ま、大丈夫そうだな」

「はは」

「達者でな」

〝大佐〟は片手を上げた。

三人が公園を出てから、せつらも家へ戻った。


六畳間の卓袱台にPC《パソコン》を載《の》せて、キイを叩きはじめた。

通常のSNS情報から、彼限定の特殊ソースも使った。

一時間ほどの間に、一度「ふーむ」と口にしただけで、沈黙の捜査は終わった。

二分と空けずに、オフィスの前に車が停まる音がした。監視カメラの映像をスマホに移し、二トントラックの姿を確かめた。ボディに、

〈メフィスト病院〉

のロゴ付きだ。

そこから次々と人影が下りて来た。片端《かたはし》から垣根戸をくぐって、オフィスに入って来る。通りかかった観光客らしい外国人が、オー・ミステリアスと叫んでカメラを向けた。

三和土《たたき》はたちまち一杯になった。

「ようこそ」

せつらが姿を現わして声をかけるや、黒いコート

姿は一斉に会釈《えしゃく》を返した。

ぎゅうぎゅう詰めで二〇人――外にいる一〇人を合わせて三〇人。せつらの要求どおりの人数だ。PC上のやり取りでも、ドクター・メフィストの約束は鉄であった。

「それじゃあ、ひとりずつここを出てって。行く先は任せる。〈病院〉へは適当に帰って」

また一斉にうなずいた。

二〇人――外と合わせて三〇人の秋せつらが。ドクター・メフィスト院長の〝ダミー〟は、やや男前が下がるものの、他人には識別不能なのであった。

「何だ、あいつら――二〇人が出て、外のが入って、また出て来た。おい、合わせて三〇人――いや、三一人いるぞ。二メートルまで降下。うわわ。どいつも同じだ。秋せつらだぞ！」

こう叫んだのは、大型のバンの車内で、ドローンの画像をチェックしつづけていた男であった。

別のひとり――超重合装甲のせいで、人間よりも人型の歩行戦車に近い大男が、後ろからスクリーンを覗き込んで、

「一杯食わせやがったな、秋せつら。こうなったら、三〇人まとめて潰しちまえ。〝ボンバー〟を送れ！」

〝ボンバー〟とは爆撃機を指す。それは、数秒後、バンの天井から舞い上がり、〈十二社〉の空へと飛び去っていった。

だが、「爆撃」は失敗に終わった。〝ボンバー〟が〈十二社〉の〈秋せんべい店〉上空に辿《たど》り着いたとき、三一人のせつらはひとりも見えず、店舗への「爆撃」を敢行しようとした〝爆撃機《ボンバー》〟は、おそらく待ち構えていた「せつら」のひとりに先行のドローンもろとも二つにされてしまったのである。

第二章　迷子捜《さが》し

1

その日、街頭TVは久方ぶりに、通行人の眼と車を釘付《くぎづ》けにした。

「明日、全米一の兵器産業『グレイスン・アームズ』の現社長ケネス・グレイスン氏が成田《なりた》に到着します。一昨年以降、『グレイスン・アームズ』はアジア市場開拓に力を入れ、ミャンマー、タイ、インドに工場を建設して成功を収めており、ついに日本――それも〈新宿〉での工場建設を目論《もくろ》んでいると思われます」

「なーるほどな。〈新宿《ここ》〉なら売れるさ」

「それに、標的にも事欠《ことか》かない」

「作ればハケる便利な都か」

口々に上がる感想が、すべて的《まと》を射ているから凄《すご》い。

すると、十数カ所で同時に、世にも美しい声が、

「ふむふむ」

とつぶやき、人混みを離れていった。全員、黒コートの若者であった。

「成田到着は何時だ?」

大型バンの中で、「ホークアイ」のリーダーが、通信係に訊《き》いた。

「午後二時。無論、本物はその前――午前九時に羽《は》田《ねだ》到着ですが」

「よし、今夜中に羽田に張り込むぞ。極秘到着だ。ポリスも自衛隊も表立っては動けまい。彼らより早く空港へ紛《まぎ》れ込むんだ。一度でも社長を救えば、以降のガード役は我々の独占になる。『アルマゲドン』の奴《やつ》らにひと泡吹かせてくれるぞ」

「秋せつらはどうします?」

別の隊員が訊いた。

「とりあえず、中止だ。『アルマゲドン』の仲間になった様子もない。おれたちの立場を確たるものと

してから、取り除けばいい」

　バンのドアが開いた。

　誰かが、ステップに足をかけて、

「そう上手《うま》くいくかな？」

　と言った。


　せつらが、〈大日本印刷〉の廃墟《はいきょ》に到着したのは、その数分後であった。

　午後一時すぎの光が、地上に美しい影を引いている。何人もの世界的画家が、その影を描いてみたいと申し込んだが、忙しいと断わられた。

　荒れ果てた駐車場に二台のバンと、これも二台のバイクが陽光を浴びている。

　せつらの足は止まらなかった。

　用心するふうもなく、手近のバンに近づいてドアを開けた。手は使わない。妖糸《ようし》の技である。

　内部は血の海だった。誰かが戸口で短機関銃《SMG》か特殊拳銃を乱射したのだ。だらしなく倒れた三人は、いずれも胸と腹部に数発ずつ射《う》ち込まれ、最後は眉間《みけん》を射ち抜いてとどめを刺されている。

　通信装置その他のメカは完全に沈黙しているが、流れ弾丸《だま》と思《おぼ》しい弾痕以外は傷ひとつない。レーダー・スクリーンの隣に、電子破壊体《ジャミング》が磁石で貼りつけられていた。数億円のパーツが、これでパーだ。

「アーメン」

　を置き土産《みやげ》に、せつらは次のバンへ移った。

　こちらは駐車場の東の何処《どこ》かから狙《ねら》われたらしく、窓ガラスとボディに射入孔《しゃにゅうこう》が小さく点々と散っていた。

　車内を覗《のぞ》いて、

「ふたり」

　とせつらは洩《も》らした。視界に入る四人はいずれも眉間を射ち抜かれていた。整列していたわけではあるまい。車体の弾丸《たま》数と死体の数は等しい。一撃必殺と、言うのはたやすいが、人間技ではあり得なかった。

「〈妖術射撃〉」

その顔をひと目見ただけで、死角から忍び寄る弾丸をもって、いかなる場所に潜《ひそ》む標的をも射殺する射撃術の名前だった。

「変なものを覚えちゃって」

とつぶやいてから、

「『ホークアイ』全滅」

と洩らし、

「邪魔する輩《やから》は皆殺し」

と決めた。

鈴香がどうやって『ホークアイ』の居所《いどころ》を摑《つか》んだのかはわからないが、彼の先を越したのは確かだった。

見覚えのある車が、駐車場に滑《すべ》り込んで来た。

和風の屋根がついた車など、〈新宿〉の改造車にもない。思いついたにせよ、遅すぎた。せつらの眼前に停《と》まった霊柩車《れいきゅうしゃ》と覇《は》を競《きそ》うなどという生命《いのち》知らずは、〈魔界都市〉にもいない。

ドレッド・ヘアに隻眼《せきがん》の男が下車すると、後ろについて来たパトカーからも〈機動警官《コマンド・ポリス》〉がこぼれ落ちた。サイレンなしの隠密行動は、〈新宿警察法〉で認められているところだが、大概《たいがい》は強敵に限られる。タイミングからして、せつらを密告した相手は、その実力もおまけに付けたに違いない。

「今回はガセじゃなかったな。神妙にしろ、秋せつら」

こう告げた刑事の上衣《うわぎ》には、桔梗《ききょう》、女郎花《おみなえし》、山百合《やまゆり》その他、季節無視の花々が絢爛《けんらん》と咲き誇っている。「凍らせ屋《スパイン・チラー》」——屍刑四郎《かばねけいしろう》であった。

「誰が密告《ちく》った?」

せつらも茫洋《ぼうよう》たるものだ。警官たちはすでに恍惚《こうこつ》と頰《ほお》を染めている。

ちら、と彼らをふり返り、屍は舌打ちした。

「顔を見るな、と言っておいたのに——ま、仕様《しよう》がねえな。ところで、何故《なぜ》ここにいる?」

「狙われた」

「あんたがかい。〈新宿〉には素人《しろうと》だな。どうやって、ここがわかった？」

「家《うち》を爆撃に来たドローンを撃墜する前に、誘導電波の発信元をチェックしておいた。テロリストがよくやる手だ」

屍はうなずいた。

バンと群がる警官たちの方を見て、

「たった六発で、全員死亡か。あんたを犯人に仕立てるつもりなら、阿呆《あほう》としか言いようがないな。秋せつらと〈妖術射撃〉――どうやって結びつくんだ？」

せつらは軽く首を傾《かし》げた。屍は残った眼を固く閉じて、

「やめろ。おれまでおかしくなる」

すでに頬は染まっていた。

「とにかく、第一発見者だ。本署で事情聴取はさせてもらうぞ」

「あい」

せつらは片手を上げた。

「女？」

ここにいると告げた密告者のことである。屍は、ほおという表情になった。

「知り合いか？　こいつは面白い」

言ってから眼を細めた。

せつらの顔に、これまでの記憶にない感情の色を見たからだ。

哀《かな》しみに似ているふうな。


世界最大の兵器産業・総帥《そうすい》の愛機にしては小ぶりなジェット機は、ひっそりと羽田のB滑走路に舞い下りた。

朝からの雨が、世界を煙《けぶ》らせていた。

「お出ましだぜ」

何処かでつぶれたような声が言った。

アラビア語であった。

「照準は三〇分も前からＯＫだ。だが――雨とはな」

もうひとりの声が、苦笑を声に乗せた。最初のほうが、

「レーザーの邪魔にはならん。三万六千キロ上空からの刺客《しかく》にはな――出て来るぞ」

ジェット機のドアが開いた。

眼の前のＰＣ《パソコン》スクリーンに映っているのは、真上から見た滑走路の光景であった。

ズームアップしたタラップの上に、黒いソフトにコート姿の男が現われた。顔は見えない。

「どうだ？」

「間違いない――とは言えんな。少し待とう」

「ダブルを重ねてみるぜ」

タラップを下りはじめたソフト帽と肩の上に、白いラインが重なった。

「同じ帽子とコート着用時の映像だ」

どこで盗撮したものか、輪郭《りんかく》はぴたりと重なった。

「間違いないな」

「念のため、正面にドローンをとばすか？」

「やめとけ。射ち落とされるのが関の山だ」

「じゃあ」

「実行する」

「それは本国の仕事だ。おれたちは失敗した場合の二番手だぞ」

「コントロールはこっちの手にある。コネクトは断った」

「おい」

「邪魔するな。奴にはおれたちが一番近い。最初に手を下す権利もあるさ。本国の言いなりになっていたら、奴らのお気に入りのアメリカ班にまた横取りされてしまう」

「――しかし」

「責任はおれが取る。今、おまえはここにいない」

「――それじゃあな。好きにしろ」

片方の男はすぐに車から出た。

二人は羽田の駐車場に駐《と》めたカローラの内部にいた。

静止衛星からレーザー・ビームを浴びせて地上の標的を仕留《しと》める。距離は三万六千キロとやや遠いが、電子照準のビームは、風にも雨にも影響されず、狙った地点を貫《つらぬ》くだろう。

問題は、日本班たる彼らの役割は、結果の見届け役にすぎないという点だが、ついに異議を唱《とな》える奴が誕生したのである。

キイボードの上を浅黒い指が躍《おど》った。

「ビーム出力よし。照準よし」

ソフト帽は出迎えの連中と肩を並べて送迎車に近づいて行く。あと一〇歩とかかるまい。

「発射」

興奮の叫びの割に、キイのタッチは軽かった。

光と音と、どちらが速いのか。男をふり向かせたのは、天より降臨《こうりん》した死光《しこう》ではなく、車体を叩《たた》く響きであった。

「ジグチか?」

思わず口に出した。右手はFN509・九ミリを抜いている。

右のサイド・ウインドウが、かすかな音をたてた。

灼熱《しゃくねつ》の塊《かたまり》が喉《のど》を貫いた。

呼吸が止まった。吸うことも吐くこともできない。同じ塊が鼻と唇の中間——人中《じんちゅう》をえぐって、ぼんのくぼから抜けた。

三発目は右、四発目は左の肺だった。

——嬲《なぶ》り殺しだ
と思った。誰がおれを怨《うら》んでいるんだ? おれのしたことは、みな国家のためだ。なのに、何故、神はこのような最期を命じるのだ?

彼は全身を痙攣《けいれん》させながら、二分後に死んだ。

せつらは、連行されてからひと晩、留置場で過ごした。

殺害された「ホークアイ」との関係を疑われたのである。この場合、殺しに行ったと主張しても、話し合いに赴《おもむ》いたと言っても、しっくりくるようでこない。

殺しにというのが正直なところだが、これではさすがに捕まるだけでは済まない。かと言って、話し合いでは、これまでの行状《ぎょうじょう》から、それで済むものかということになって、尋問が激しくなるのがオチだ。

幸い、屍以外の取調官も顔馴染《なじ》みのせいで、事態は少しずつ明らかになっていった。

せつらが現場へ到着する一〇分ほど前に、女声で電話がかかり、殺人現場に犯人がいると告げたのであった。

この犯人という指摘が、せつらを救った。武器は弾丸だったからだ。なのに勾留《こうりゅう》された理由《わけ》は、日頃の戦いぶりに眼に余るものがあるための、いわば見せしめであった。彼と戦った相手の死亡率は九九・八パーセントに及ぶのだ。

正当な理由はあるし、反駁《はんばく》する相手は全員死んでいる。おまけに揃《そろ》って極悪人ときている。これまでは、〈区長〉やドクター・メフィストの口添えもあって、多少のことは黙認されてきたが、やはり、警察力の行使とは反対方向を向いていると、憤《いきどお》る者も少なからずいて、今回の処置となったものである。

もっとも、せつらにしてみれば、報復に向かっただけで、他にすることもなし、他の仕事も急がない、で文句はつけなかった。

そして、今日の朝、屍が訪れて、ケネス・グレイスンの暗殺失敗と、テロリスト二名の死を告げた。

「ひとりは車外で眉間を一発。残るひとりは嬲り殺しだ。うちの調べでは、赤ん坊も容赦《ようしゃ》しなかったテロリストだ。射った奴はそれを知ってたか、誰かにそうしろと依頼されたんだろう」

「日頃の行ないが大切」

このひとことを置き土産に、せつらは一軒寄り道してから帰宅した。

捜索中の人物のデータをPCに移し、昼飯でもと思ったら、電話が鳴った。

はい、と出ても沈黙している。せつらの声を聞いて、胸がときめいてしまったのだ。

せつらには別のことがわかっていた。

「鈴香？」

と訊いた。ふと思いついて口にした、というふうでもあった。

電話機は少しの間、沈黙を守って切れた。

2

チェックインしてすぐ、秘書のケイト・マクガバンとボディガード・チームのトップ＝アシェル・ダンディは、グレイスンに呼ばれ——顔を見合わせた。

「これから、すぐ、ですか？」

口を揃える二人に、グレイスンはうなずいた。

「そうだ」

「無茶です。日本の警察も視察は明日だとして、準備を整えています。はっきり申し上げて、餓狼《がろう》のうろつく荒野へ、裸で乗り込むようなものです」

ダンディの言葉に、ケイトも同調した。

「〈新宿〉という街は、調べれば調べるほど不気味で危険です。正直、私は気分が悪くなっております。それなりの装備は整えてありますが、充分かどうか見当もつきません」

グレイスンは、じろりとチーフ・ボディガードを見て、

「そうなのか？」

「正直そのとおりです」

とうなずくいかつい顔には、苦渋と——虚《うつ》ろな光が宿っていた。

「準備を整えずに死地に赴くのは、リスクを超えた自殺行為です。敵は何が待ち受けているかわからぬ街なのです」

「――テロリストではないのか？」

グレイスンは不快そうに言った。

「〈新宿〉がどんな場所かは、私も心得ているつもりだ。だが、直接の敵はアラブの殺し屋どもだろうが」

「彼ら相手なら、何としてもお守りできます」

とダンディは言った。

「その戦略も武器も所詮《しょせん》は我々と等しい人間のものだからです。ですが、この街はそれを超えた危険な存在が跋扈《ばっこ》する場所です。毒蛇《ラトルスネーク》の巣へ足を踏み込めば、敵意はなくとも襲いかかって来ます」

「…………」

「それはまだよろしい。問題はテロリストどもが、〈新宿〉の魔性《ましょう》と手を結んだ場合です」

「そっちの方面の手も打ってあるのだろうな？」

「最善の手は尽くしました。ですから、あえてお止めしなかったのです」

と、ケイトが悲痛な表情で言った。

「ですが、彼との契約も――」

「いいかね、飛行機を降りた途端にレーザーで狙われた。機内でスプレー・シールドを吹きつけておかなかったら、今頃、頭のてっぺんから股間まで灼《や》き抜かれていたのだ。こんな旅で今日も明日もあるか。ダンディ、私が〈新宿〉に呑《の》み込まれたら打つ手はあるのか？」

「最善を尽くします」

グレイスンはにんまり笑った。

「そうだ。そのとおりだ。問題がテロリストではなく、この街そのものならば、今日でも明日でも同じことだ」

ケイトが前へ出た。

「ですが――」

「もう言うな。正午ジャストに〈新宿〉へ入ると、ジャップどもに連絡を取れ。奴らが、どんな安全策を講じようと、それをすぎれば、私は〈新宿〉にいる。誘致場所は変わっておらんだろうな？」

「現時点では」

ケイトは溜息《ためいき》を吐《つ》いた。この新社長の独断専行には慣れていたが、これは人間業《にんげんわざ》で対処し得る問題ではないのだった。

「何だね、それは？」

訝《いぶか》しげな雇《やと》い主へ、

「〈新宿〉の怪現象に、〝移動地所〟というのがありまして——土地自体が別の地点へ移ってしまうのです」

「聞いておらんぞ。何だね、それは？」

「いま眼の前で確認した地所が、背を向けた途端、何キロも先に移ってしまうのです。後には巨大な穴が開いているだけと聞いています」

「〈新宿区役所〉は責任を持たんというわけか？」

「いえ、今回の土地は〈新宿区役所〉が売り出した場所のひとつです。〈区〉にとっても『グレイスン・アームズ』による買収は絶対に逃せません。何をおいても固定するはずです」

「ふむ。忙しくて〝移動地所〟の話は知らなかった。ミセス・マクガバン——契約書には、その土地を永劫《えいごう》に移動させないことを誓う旨《むね》の条項を入れておけ」

「承知しました」

グレイスンは、椅子《いす》の背に体重を預けた。一九二センチの身長に対して、九〇キロの体重はバランスが取れている。

それを眺《なが》めていたケイトが、

「視察は中止になさいませんか？」

と訊いた。

「私も〈新宿〉の資料を読みました。頁《ページ》を重ねるにつれて血の気が引いていきます。この街だけでも危険この上ないのに、テロリストたちが加わったら——私は不安です」

秘書の不安も提案も心底からのものなのは疑いようもなかった。

だが、グレイスンは鼻先で笑った。

「ミセス・マクガバン——残念ながら」

「——私の祖母が予言者なのはご存じですわね?」

彼女は、この職についてはじめて、雇い主の言葉を遮《さえぎ》った。ダンディが軽く眼を剝《む》いた。

「無論だ。レディ・キャスリン・マクガバン。——通称レディ〝ゴースト〟マクガバン。眠れる予言者エドガー・ケイシーより適中率は高かったそうだな」

「存命です」

「これは失礼した。で?」

「ニューヨークを発《た》つ前、今回の訪日について占ってもらいました」

「ほう。その顔を見れば結果はわかるが、聞かせてもらおうか」

「祖母の占いはカードを使います。社長の運命は、今回すべて——何度やり直しても、死神が出たそうです」

「ほお、今の心境もそのせいかな」

グレイスンは、にやりと笑った。

突き刺すような疑惑の視線に、彼は左手を空中に上げた。拳《こぶし》を握っている。中指の第三関節の隆起が、ちかと光った。

空中に浮かんだのは、〈新宿〉の立体図《3D》であった。グレイスンは骨の内部にプロジェクターを埋め込んでいたのだ。

「ここが〈最高危険地帯《MDZ》〉だ。そして、ここが売り出された土地だ。当然だが随分《ずいぶん》と離れている。私は〈危険地帯《DZ》〉もすべて購入するつもりだ」

声を失ったケイトのかたわらで、ダンディは一礼し、部屋を出て行った。彼の仕事はボディガードなのだ。

「まさか……社長、相手は〈魔界都市〉なのですよ」

「私が何のために誘致に乗ったと思うかね？　我が社で製造している武器や兵器が、この街で役に立つと思うか？」

「それは――」

「どんなデータを見ても無理だ。我が社は人間相手の武器と兵器しか製造しておらん」

紙の色になった秘書を見上げて、

「人間はそれしかできん――というより、この世に生きている存在向きの品しか生み出せんのだ。だが、この街でなら、我々は、人外の武器を造り出すことができる。ミセス・マクガバン――この星に棲《せい》息《そく》しているのが、生物図鑑に載っている生きものだけとは思っていまいな？」

見つめる瞳の中で、赤毛の美女は激しくかぶりをふった。

「いえ、そうでなくてはなりません。私たちの知らない生物など、深海の底にしかいませんわ」

「それも生きものにしかすぎんよ。我々が〈新宿〉でやろうとしていることは、それ以外の存在――いや、存在しない存在を抹殺《まっさつ》する兵器なのだ」

「そんなもの――誰が使うと仰《おっしゃ》るんですか？」

「この街の住民だ。連日連夜、妖《あや》しいものたちに脅《おびや》かされている連中だよ。さらに――この世に不可思議な事件が幾《いく》つ起きていると思うかね？　星の彼方《かなた》から襲い来るエイリアン、人跡未踏《じんせきみとう》のジャングルに潜《ひそ》む妖物《ようぶつ》、人間の皮を被《かぶ》った怪物や姿なき人食い《グール》――銃弾も毒ガスもナパーム弾もレーザーもレールガンすら通用しない化物どもも、この街で我々が製造する武器ならば斃《たお》せる。それこそが『グレイスン・アームズ』の指導者として私がやらねばならぬことなのだ」

「承知いたしました」

ケイトは会釈《えしゃく》して笑った。

「では、〈区役所〉と〈警察〉のほうへは何と？」

「何も言わんでよろしい。今夜帰れば何の問題もないのだ。君は来なくていい」

「どういうことでしょうか？」

「ダンディだけ連れて行く」

「わかりました」

ケイトはうなずいた。

経営者としては、絶対に先代より有能だ。一年半前の全グループの浮沈に関わる金融危機も難なく乗りきった手腕を、ケイトは感動とともに何度でも思い出す。

そういう遣《や》り手《て》は、冷血非情が通り相場で、先代からの重役連に全員、容赦なく馘首《かくしゅ》の大鉈《おおなた》を振るった一事でもはっきりしているが、グレイスンにはそう決めつけるのも、憚《はばか》られる一面もあった。

危険な場所に女は同道しない——今のがそれである。

自国の団体には一セントの寄附もしないが、二十数カ国の慈善団体に年間、数十億ドルを費《つい》やしていることを、ケイトは知っていた。

「昼食を摂《と》ってからになさいますか？」

「いいや、日本で最初の食事は〈魔界都市〉で摂ろう。今日は記念日だ」

何の記念ですか、と訊きたくなるのをこらえ、ケイトはうなずいた。

「せめて、液体防禦服《リキッド・プロテクト・スーツ》はお着けくださいませ」

「もちろんだ。君も今日いちにちは部屋を出るな」

車は〈四谷ゲート〉から入った。

「いよいよだぞ、ダンディ」

興奮気味の声で告げてから、グレイスンは、ホイールを握るダンディを見た。

「心配そうだな。おまえのそんな顔は珍しい」

「失礼いたしました」

と、三年間四度に亘《わた》って雇い主の死地を救ってきたボディガードは、こわばりを拭《ぬぐ》い、

「相手は〈魔界都市〉、しかも車はただのレンタカーです。麻薬漬けの餓鬼《がき》が出鱈目《でたらめ》に射った二二口径でも、当たれば突き抜けます」

「その時は、お互い運がなかったと諦《あきら》めよう」

はい、と応じてから、ダンディは、

――胆《きも》の太い男だ
と思った。

――先代もものに動じなかったが、この二代目は上を行く。全面的に仕事関係で発揮してくれるといいのだが、おかしな方へ行くから危《やば》い
彼は、すれ違う車がすべて、並ぶと同時に攻撃をかけてくるような気がしていた。

〈門《ゲート》〉をくぐったとき、少しほっとしたくらいである。

〈新宿〉――〈魔界都市〉であった。

「どちらへ？」

「もちろん、買い上げた土地だ」

ダンディは、ちらとカーナビに眼を走らせて、

「〈新小川町《しんおがわまち》〉ですな。新宿の北の果てでです」

〈外堀通り《そとぼり》〉から北上するうちに、グレイスンの興奮はさらに度を増してきたようであった。一分とたたないうちに、

「おい、いかにもアウトローというふうなのの他に、どう見ても一般市民がレーザー・ライフルや武器を携帯してるぞ。ニューヨークやテキサスだってあり得ない事態だ。ここは、『辺境《フロンティア》』か」

五分後には、

「今、車にぶつかって来た鳥の化物はなんだ？　フロント・ガラスを半分溶かした液体は？」

「小水ですな。強烈な酸が含まれているようです。そのうち車体も危ないかもしれません」

一〇分後には、

「餓鬼どもが、窓拭《ふ》きますだと？　いきなり拳銃をぶっ放しおって。ここは革命すぐのルーマニアか。傷はどうだ？」

「右肩をかすっただけです。それより、餓鬼どものほうが大変ですよ」

グレイスンは苦笑を浮かべて、コートの腕についた血痕を眺めた。

「あいつら、〈区外〉から来た相手が射ち返すなんて思いもしなかったろうな。甘やかされた餓鬼だ。片腕が失《な》くなったくらい、いい薬だ」

一片の慈悲もない残忍な笑いだった。

――経営者の笑いだ。世界一の大経営者の笑いだと、ダンディは胸の中で繰り返した。

道路が混んでいたせいで、その土地まで三〇分以上かかった。

車を降りたくなくなるような荒廃《こうはい》の極《きわ》みが、曇り空の下に広がっていた。

「左右の建物がある土地も近々すべて整地して、売り出される。モハーベ砂漠にある主要工場よりは少し小さいが、この街での目的には充分だ」

グレイスンの頬を風が叩いた。

3

その風は風速三メートルと表示されていた。

ダンディは、サングラス型モジュールを、キルリアン効果《エフェクト》に切り換《か》えていた。

体温を外部へ放つ生物は、すべて赤い色彩に包まれて見える。

周囲に該当物はない。

グレイスンは空地の真ん中に進み、周囲を見廻《みまわ》した。

「誰もいないか、ダンディ？」

「今のところ」

「ああ、なんて奥床《おくゆか》しい住人どもなんだ。ここへ来い。今すぐ来い。そして、我が『グレイスン・アームズ』の輝かしい未来を築くヒントをくれ」

――今日は狂ってるな
胸の中でこうごちた瞬間、グレイスンの足下で土煙りが上がった。

「こっちへ、早く！」

ボディガードの叫びより早く、グレイスンはその行動を起こした。殆《ほとん》ど効果はないが。

二度目の砂煙りは、より身体《からだ》に近い地点で上がった。

三度目は駆け寄ろうとするダンディの膝《ひざ》をかすめた。

「いい腕だが、勉強不足だぞ」

ダンディは、コートの内側からレーザー・ガンを抜いた。

「グレイスン・アームズ光学兵器研究センター」の最新型だが、まだ試作品だ。

二度の砂煙りの上がり方、ズボンの破れ方から、狙撃《そげき》ポイントの見当はついている。

向かって右奥の廃墟の屋上だ。

紫の光条が、屋上の手すりを端から水平に切り裂いていく。

銃撃が熄《や》んだ、と思ったら、二人がやって来た方向から、かすかなエンジン音が流れて来た。

グレイスンはすでに車中に潜《もぐ》り込んでいる。

もう一度、ビルの屋上を破壊して、ダンディはレンタカーへと走った。

左のサイドミラーが吹っとんだ。

「SHIT！」

敵はまだ退去していないのだ。

銃声が連続した。屋上の手すりが粉砕されていく。走行射撃だった。

——味方か⁉

そんなはずはない。極秘の視察なのだ。

鮮やかなホイールさばきでレンタカーと並んだのは、軍用装甲車であった。

二人とび降りて、ビルの方へ走り出した。

別のひとり——明らかにリーダーらしい巨漢がやって来て、

「『アルマゲドン』——民間傭兵《プライベート・マーセナリー》の〝大佐〟ってものだ。余計なお世話だろうが助けに来た」

「確かに余計なお世話だ」

ダンディはにべもなく言った。

「おかしな売り込みはするな」

「おい」

と凄んだのは、〝大佐〟と一緒に降りて来たアラブ系――ヤム・バキラであった。それを押さえて、

「どうもこの街へ来てから、腹の底が見透《みす》かされてばかりだ。仰《おお》せのとおり売り込みさ。どうしてわかった？」

「三発も外す狙撃手がいるか」

「やっぱり――そこか」

〝大佐〟は苦笑した。

「もう少しリアルに――肩でも射ち抜いたほうがよかったかな」

「無駄だ」

「は？」

「いつ敵同士になるかわからんので詳細は控える。とにかく――」

「いや、面白い」

この声は、レンタカーのドアが開くのと同時にした。

グレイスンは二人の間に立って、

「手の込んだ、というより詐欺《さぎ》に近いが、意欲は認めよう。是非《ぜひ》、協力を頼む」

「ミスタ・グレイスン」

ダンディの表情も声も、こわばっているのを超えて、怒りに歪《ゆが》んでいた。

「どういうおつもりです？　ガードは他にも――」

「我が社は『民間傭兵』を雇ったことはない。金次第でどうにでも動く連中を信用するなと父と祖父からきつく言われておる」

グレイスンは、〝大佐〟を上から下まで、じろじろと眺めた。

「だが、私は必ずしも子孫にそう言い遺《のこ》したくはない。彼らの言葉には裏付けがないからだ。それに、金で動く連中は、最高の金額を払えば死んでも裏切らないのではないか。どうだね？」

いきなり水を向けられた。〝大佐〟は平然と、

「仰せのとおりで――とは断言できませんな」

と返した。

「所詮は人間です。幾ら貰《もら》おうが、気分ひとつで寝返る場合もあります。中でいちばん効《き》き目のあるのが、金というだけの話です」

「ふむふむ」

「自分に言えるのは、自分は絶対に裏切らない――それだけです」

「いいとも、信用しよう」

グレイスンは破顔《はがん》し、ダンディは渋面《じゅうめん》を作った。渋面で済んだのは、どこまで本気なのか、雇い主の腹を探《さぐ》りかねたからだ。

グレイスンは〝大佐〟に向かって、

「では、〈新宿〉に滞在中、君たち『アルマゲドン』を正規の護衛として契約しよう。PCかスマホはお持ちかね？」

「おお」

今度は、こちらが疑い深そうな顔になった〝大佐〟と、スマホのやり取りを一〇秒ほどで、契約はまとまった。

「心配なら誰かを〈区外〉へやって、本社の契約部と確認させるがいい。間違いなく、特別独断A級《クラス》契約だ」

「信用します、と言いたいところですが」

〝大佐〟は微笑を浮かべた。

「何だね？」

「〈新宿〉を取り囲む〈亀裂〉は、いかなる通信手段も無効にします。どうやって契約を認めさせたのです？」

当然の問いに対して、グレイスンの答えは鮮やかであった。

「我が社は武器の他に、通信機器の開発にも力を入れている。ここを訪れる三日前に、空間変質による通信を成功させ、私のスマホに応用させたのだ」

「お見事ですね」

「ところで、おれたちのイカサマが無駄ってなどういう意味だ？」

と、バキラが訊いた。

グレイスンは眉間を指さして、

「ダンディ——見せてやれ」

「しかし——」

「彼らは私の使用人だ。多少手の裡《うち》をさらけ出しても差《さ》し支《つか》えあるまい」

ダンディはうなずいて、背広の内側からワルサーPPKを抜いた。第二次大戦前に誕生した、本来ならアンティーク・ショップの店頭を飾る品だが、最新の小型拳銃がこれを凌駕《りょうが》し得るのは弾数《たまかず》だけだ、と言われるほどの性能は今も健在だ。

そのまま持ち上げて、銃口はグレイスンの眉間へ。

タン、と鳴った。

眉間に黒い塊《かたまり》が止まった。

七・六五ミリの弾頭である。

ひしゃげたそれを、グレイスンは片手で受け止めた。

「ひょっとして——流状防護体《リキッド・プロテクター》か？」

〝大佐〟が眼を細めた。

「米軍で新型を開発中だとは聞いたが、そうかもう完成していたのか？　その感じだと、命中した瞬間、衝撃は吸収されてしまうらしいが、なあ、眼を射たれたらどうなるんだ？」

「同じだ」

とグレイスンは誇らしげに言った。

「この防護皮膜は、命中部位の硬度に関係ない。〇・〇一ミリの皮膜全体がエネルギーを吸収してしまう。効果は鉄板と同じだ。それでいて伸縮自在——我が防弾装備開発課の逸品《いっぴん》だよ」

〝大佐〟が、PPKを収めたダンディを見て、

「そちらも？」

と訊いた。グレイスンがうなずき、

「そうだ。今のところ防げるのは、象狩り用の・七〇〇ニトロエクスプレスまでだが、ゆくゆくはバズーカの直撃を食らっても兵士を生き延びさせてみせ

る」

「確かに、おれたちはもう時代遅れですな」

〝大佐〟は肩をすくめたが、眼には不敵な光があった。

「何にせよ、今日からよろしく頼む」

とグレイスンは〝大佐〟の肩を親しげに叩いた。

「ところで、私がここに来るのは、完全な隠密行動だったはずだ。盗聴防止も完璧だった。それがどうして？」

「お泊まりになってる部屋の情報は、自分たちのルートで簡単に手に入りました。さらにカーテンが開いていて助かりました」

「カーテンが？」

「八〇〇メートルばかり向こうから、小型ヘリをとばしましてね。後は乗っていた奴に、電子望遠鏡を渡しただけです。そいつは読唇術《どくしんじゅつ》の名人でして」

「それは古い手を」

だが、グレイスンの声には感動の響きが生まれていた。

「同じことはドローンとコンピュータを使えばできるだろう。だが、人間技というのが素晴らしい。私は感激したよ」

「どうも」

「さて、新事業のための土地の見立ても完了した。これから〈新宿〉見物といきたいところだが、名所は何処だね、〈KABUKICYO〉か？」

「一応、左様《さよう》で」

「では、今から繰り出そうではないか」

そこへ、ビルへ向かった二人組が戻って来た。

「もうバレた」

〝大佐〟が事情を話し、ビルの方へ、

「ギル――みなバレた。ここまでだ」

と叫んだ。

ライフルを手にした妖艶《ようえん》な美女は、飄然《ひょうぜん》と現われ、〝大佐〟の話を聞いてから、

「昼間から〈歌舞伎町〉で宴会？　あら愉《たの》しそう

ね」

ルージュもなしの唇が微笑している。それが珍しいのか、〝大佐〟とバキラが、へえという表情になった。

「あのアルコール嫌いが、どういう風の吹き廻しだ？」

とバキラが眼を丸くするのへ、〝大佐〟が、

「彼氏《スイートマン》でも出来たんだろう」

と、しなやかな後ろ姿を眼で追った。

「彼氏？　あいつは完全なレズだぜ。近づく男は、みな傷物にされるか、頭を射ち抜かれちまった」

「平凡な男はな」

「はン？」

と上眼遣《うわめづか》いになった瞬間にわかった。

「あいつか？　しかし、一度しか会ってないはずだぜ」

「直見《じかみ》でも、狙撃用の望遠レンズを通してでも、一度でたくさんだ。あの美貌《びぼう》ならな」

〝大佐〟の声に、恍惚の響きのかけらを聞きながら、バキラは、やれやれと肩をすくめた。

もっともだと思ったのである。


昼食タイムまでには少し時間があったが、せつらは〈歌舞伎町二丁目〉のダイナーに入った。

〈ラブホテル街〉のほぼ中間に位置する小さな店は、昼間から客足が途切れない。

自分の肉を切り売りしているんじゃないかと疑惑の眼を向けられている太ったマスターの焼く薄目のアメリカン・ビーフステーキと、チョコレート・シエイクの組み合わせは特に人気が高い。

カウンターが五席、四人掛けテーブルが二卓の狭い店内には、独特の肉汁《グレイヴィ》の焼ける匂いが充満していた。

サラリーマンふうの男が向かって左端に坐《すわ》り、一席おいて学生ふうの若いカップル――せつらは右端に腰を下ろして、人気メニューを注文した。

はっとこちらを向いたのは、カップルの——女のほうだった。


入店時のせつらを見た瞬間から、顔馴染みのマスターは素早くサングラスをかけたが、少し遅かったようだ。

狭い厨房《ちゅうぼう》でうっとりとよろめく姿を見て、何事だとせつらの方を見たカップルもサラリーマンふうもたちまち同じ道を辿《たど》った。

「どーも」

せつらが片手を上げたのは、奥のサラリーマンである。

向こうは、へ？　という表情を広げて、たちまちせつらの美貌に囚《とら》われてしまう。

「あ、あんたは？」

「お久しぶり」

「おれに——用かい？」

「ええ。大人しくしていろ」

「なにイ？」

「江摩《えま》正《ただし》さん？」

とせつらは訊いた。

第三章　過去の凶像

1

「え？」

女の隣で男が驚きの表情をこしらえた。わかっていなかったらしい。

「誰よ、あんた⁉」

と女は歯を剝《む》いたが、半《なか》ばとろけているから凄《すご》みもへちまもない。

「人捜《さが》し」

とせつらは伝えて、

「〈区外〉のご両親から、連れて来てくれと依頼を受けてます。ご同行を」

「冗談じゃないわよ！　誰があんな家なんかへ」

正――は絶叫した。どう見ても女だ。男の腕を摑《つか》んで、

「助けて。こんな奴《やつ》にあたしを渡さないで」

男は露骨に躊躇《ちゅうちょ》した。真実――というより現実を知った者の表情になって、

「男だなんて知らなかった。よくも騙《だま》したな。道理でフェラとバックばかりだと思ったよ。これっきりだ。じゃあな」

さっさとスツールを下りて、出て行ってしまった。

「ちょっとお、お勘定《かんじょう》どうすんのよお」

女のような正は、スツールの上で、じたばたしたが、ついとせつらを睨《にら》んで、

「みんな、あんたのせいだからね……絶対に……帰らない……から……ア」

最後は恍惚《こうこつ》の喘《あえ》ぎで幕だ。

「もう……この街なら……あたしみたいのでも……何とか生きてけると……思ったのにィ」

「とにかく」

せつらはスツールを下りた。

その眼前で、正に変化が生じた。

顔つきが異様に男臭く化けた――ばかりではな

い。全身の骨格が変わってしまったのだ。

「あーあ」

とせつらが放った相手は、女装も生めかしい身長二メートル、体重一三〇キロ超はあるプロレスラーか相撲《すもう》取り並みの巨人であった。

三つ編《あ》みがよく似合う。衣裳《いしょう》は伸縮素材だ。

「あんたのお蔭《かげ》で、やっと見つけた彼に逃げられたわ。復讐《ふくしゅう》してやる」

「嘘《うそ》つくと舌を抜かれる」

「うるさい」

正はのっしのっしと近づき、右の張り手を叩《たた》きつけて来た。

ミットのような手の平が押し出す空気圧に乗ったかのように、せつらは後方へ跳《と》び、窓にぶつかる寸前、ほぼ直角に舞い上がって、スツールを下りた正の後ろに立った。

それで終わりだった。

右手を突き出した形で、正は動かなくなった。

「来る？」

とせつら。

痛みのせいで、血の気も失った顔が、うなずいた。

性同一性障害——俗に言うトランスジェンダーのひとりだろうが、正の場合、自分の意思で求める性別に変わることができるのであろう。あまりにも凄《すさ》まじい変幻ぶりは、精神がホルモンの分泌《ぶんぴつ》を異常レベルに促《うなが》すせいに違いない。

せつらはカウンター内のマスターへ、

「幾《いく》ら？」

と訊《き》いた。

マスターの告げた額をきっちり置いて、ドアの方へ歩き出した。正が先である。

「ちょっと——迷惑料くらいプラスしないか？」

マスターが声をかけた。

ふり向いて、サングラスを取った。

マスターは頬《ほお》を染めて横倒しになった。駆けつけ

た店員が、せつらを見ないようにしながら、

「もういいから、行ってくれ。チップはそれで充分だ」

「どーも」

せつらはダイナーを出た。

「何処《どこ》へ連れてくのよお？」

と正が喚《わめ》いた。

「駅前の喫茶店。そこへあと一〇分でご両親が来る」

「あたしがあそこにいるって、知ってたの？」

「そう」

「あーあ。〈区外〉では、あたしみたいに極端なタイプは、まだ生きづらいのよね。ここなら大丈夫だと思ったんだけどなあ。親だって表には出さないけど、本当は困ってたのよ。みいんな幸せになれると思ったんだけどなあ」

「また来たら」

「え？」

「この街は何処の誰だって自由に生きられる。〈ゲート〉を渡りさえすればいい」

「えっえっえっ？」

と三連発したのは、せつらがこういう台詞《せりふ》とは無縁としか思えないからだろう。

「それだとさあ」

正は打って変わった明るい声で、

「また戻って来たら、あなたつき合ってくれるわけ」

「残念」

「なーんだ」

正はがっくりと肩を落とした。

「ま、誰だって、あなたと衡《つ》り合いが取れるわけないもんね。でも、ありがと。元気と希望が湧いてきた。また戻ってくるわ」

せつらは薄く笑い、正は失神してしまった。

人捜し屋《マン・サーチャー》としてのせつらの仕事は、依頼された相

手の所在を確認し、依頼主に伝え、両者が対面した時点で終了する。あとあとのトラブルは与《あずか》り知らぬことだ。

だが、今回はそうもいかなかった。

待ち合わせ場所は、〈コマ劇場〉の近くにある〈ミーティング・ルーム〉の個室であった。

名前どおり、広さや設備やサービスの異《こと》なった部屋を提供《サービス》する店で、極秘裡《ごくひり》な会談にはうってつけのため、裏社会の連中の利用が多く、当然、トラブルも勃発《ぼつぱつ》する。射《う》ち合いなど日常茶飯事《にちじようさはんじ》なのだ。当事者以外のとばっちりがゼロに近いのは、部屋の構造が、店の謳《うた》い文句に従えば、〝要塞並み〟を誇っているからだ。

正の両親は来なかった。

午後一時——時間どおりに現われたのは恰幅《かつぷく》のいいガードマン・タイプの大男と、山倉《やまくら》と名乗る弁護士であった。

「ご苦労」

と労《ねぎら》ってから、

「で、報酬《ほうしゆう》だが、依頼から発見まで二日と半——実に短い。それで約束の金額は多すぎではないかと、江摩さんからの申し出があった」

「ちょっと」

クレームを付けたのは、正であった。血相を変えて——どころか青ざめて、

「ここが何処だかわかってんの？　〈魔界都市〝新宿〟〉よ。〈区外〉の常識で計れるところじゃないわ。山倉さん、あなた〈新宿〉でお仕事したことあんの？」

「残念ながら。なくてよかったと思っていますがね」

救いを求めるような表情が、せつらをふり仰《あお》いだ。

「あいつら、らしいわ。あたしを邪魔者扱いにして追い出したくせに、兄貴が麻薬で泡吹いて死んだら、即、戻っておいで。そのくせ、自分たちで迎えにも

来やしない。挙句《あげく》の果てに——ね、幾らに値切れって言われたのよ？」

「ジャスト半額」

　正は両手で顔を覆《おお》った。この街に三日も住めば、この後何が起きるか想像はつく。

「それでは」

　せつらは立ち上がった。

「おい——気を悪くしたかね？　払わんと言ってるんじゃない。半額なら出そうと——私が見ても、最初の金額とこの労働量では——」

「うるせーや、唐変木《とうへんぼく》」

　正が喚くなり、右のパンチを山倉の顔面に叩き込んだ。

　せつらの呪縛《じゅばく》は、彼が席を立つと同時に解けていた。

「誰があの親どもんとこへ帰るもんか。あたしは死んだと伝えとき」

「田久保《たくぼ》」

顔中血まみれの弁護士が、二人を指さした。

「止めろ。でないと江摩家は——」

　ガードマンが背広の内側から、麻痺銃《パラライザー》を抜いた。

　店を出ると、正がすぐ片手を上げて、

「じゃ、な」

　とひと声かけて、雑踏《ざっとう》に紛《まぎ》れた。この街での生き方に慣れきった足取りであった。弁護士と慣れていないガードマンは、〈ミーティング・ルーム〉の脇のごみ捨て場で泡を噴《ふ》いている。

　せつらは〈ゴールデン街〉の方へ向かった。〈新宿〉における観光のメッカとも言えるこの飲み屋街は、最近、風俗店やイベント・ショップも増えて、さらに賑《にぎ》わいを増している。オープン時間は、どこも二四時間だ。一軒の階段を昇って、

「地獄耳」

　とペンキ書きされたドアを開いた。

一〇人も坐《すわ》ればいっぱいのカウンターの向こう

で、

「いらっしゃい」

サングラスの若者が笑いかけた。

せつらには及ばないが、老若男女《ろうにゃくなんにょ》の別なく、すれ違ったら必ずふり返る美貌《びぼう》の主だ。店主の天祇《あまぎ》である。

二四時間そばについていてもわからないが、サングラスの下の眼は生まれ落ちたときから固く閉じられていた。盲目なのである。

「お久しぶりですね」

言葉遣《づか》いは丁寧《ていねい》だが、年齢はせつらとほぼ等しい。

「ぺこぺこ。何かある?」

こっちは大雑把《おおざっぱ》だ。

「ドライカレー、ガーリック・ライス、タンドリーチキン、中華丼、味噌《みそ》ラーメン、肉うどん」

「全部レトルト?」

「ご存じのとおりです」

「じゃあ、ガーリック・ライス——とソーダ水」

「かしこまりました」

とガス台の方へ向かうのへ、

「うるさくなってきた」

せつらは声をかけた。

「へえ」

「天から連絡は?」

「いいえ」

フライパンの上で油がぶつくさ言いはじめた。それに向いた背中が訊いた。

「もう、ちょっかいが?」

「うん」

「お疲れ様」

「マスターとも絡《から》むかな」

「そうはなりたくないですね」

店内にニンニクと塩、胡椒《こしょう》入りの煙がたち込めはじめた。

「アメリカの企業も〈新宿〉にラブコールを送って

いるようです」

「〈区長〉は大歓迎」

「元凶《げんきょう》ですね」

「リベートが、がっぽり」

　天祇が笑ったかどうかわからない。せつら以上に感情を表わさない男なのだ。入店時の微笑は特別である。

　ひと口やって、せつらは、

「美味《うま》い」

「恐れ入ります」

「社長はこの近所?」

「『ギンズバーグ』で一杯」

　二四時間オープンのバーである。

「何人?」

「護衛が七人。傭兵《ようへい》プラス、ボディガードです」

「『アルマゲドン』」

「はい」

「テロリストは?」

「〈歌舞伎町〉に入っているのは確かですが、目下《もっか》行方不明です」

「はあ」

「それ以上は、外谷《とや》さんの担当ですね」

「うえ」

「愛し合っているという噂《うわさ》ですが」

「本気で吐きそ」

「失礼を」

　天祇はまた笑った。影のような笑い。

　せつらが半分ほど平らげたとき、固定電話が鳴った。店主が、

「はい」

　と出て、

「ありがとう」

　で切った。せつらに対するのとは打って変わって、荘重《そうちょう》な物言いである。

「『ギンズバーグ』が襲撃されました。テロリストの仕業《しわざ》かと」

せつらの返事は、

「やれやれ」

であった。

　誰からの電話か、それに対して報酬が支払われているのか、せつらにはわからない。店名にふさわしいシステムだというのは明らかであった。

「本格的に」

と天祇がささやくように言った。

　珍しく、せつらが、

「はじまった」

と返した。

　呼吸《いき》は合っている。

2

「ギンズバーグ」へテロリストたちが乗り込んで来たのは、「地獄耳」への電話の数分前であった。

　客に化けて、ではない。

　いきなり手榴弾《しゅりゅうだん》を投げ込み、続けざまに五名がとび込んでＡＫ47を射ちまくるという無差別テロであった。

　幸い店にはグレイスンと、〝大佐〟たち以外に客はいなかった。この状況には慣れた連中ばかりであった。

　店の上空六〇メートルに静止した、スズメバチ・サイズのドローンの３Ｄセンサーが、テロリストたちの到着を、〝担当〟の眼球に付着させた〝スクリーン〟に投影し、乗用車から店へと入る時点で、迎撃態勢は整えられていたのである。

　テロリストたちもドローンを使ってはいたのだが、自分たちの頭上を飛翔《ひしょう》する「アルマゲドン」の品を探知することはできなかったのだ。

　突入した瞬間、「アルマゲドン」の乱射が開始された。

　テロリストたちは防弾ベストに身を包んでいたが、「アルマゲドン」の弾丸はすべて徹甲炸裂弾《てっこうさくれつだん》であった。

突入した四人はその場で射殺され、ひとり遅れた五人目は、身を翻《ひるがえ》して逃走に移った。

乗って来た車には眼もくれず、男は最も近い曲がり角へと走った。万が一の場合に眼をつけていた場所である。男だけではない。テロリストの心得だ。

通りを曲がった刹那《せつな》、後頭部から斜めに入った七・六二ミリ弾頭が、眉間《みけん》まで抜けた。

通りをはさんだ前の貸しビルの屋上で、女がライフルを離さず、ピンホール・マイクに、

「一名確保」

と告げた。射殺の意味である。ライフルを肩から吊《つ》り、女狙撃手《そげきしゅ》ギルは、昇降口へと向かった。

通りにチワワを連れた七歳くらいの少女が現われたのは、その直後であった。

「ギンズバーグ」の前まで来ると、少女は、一〇分ほど前、少し先の曲がり角で即死した男との約束どおり、犬の連れ紐《リード》から手を離した。


店の奥へと小走りに進む愛玩犬《あいがんけん》を見送ってから、さっさと背を向け、――一万円でなに買おうかな、と考えながら、歩き去った。

店内で爆発が生じたのは、ギルが通りを渡ろうとした刹那だった。

動物爆弾は、念には念を入れたテロリストの最終手段であったろう。

爆風をかろうじて避け、ギルは舌打ちひとつ、「ギンズバーグ」へと走り出した。

「〝大佐〟、バキラ、ドルフ――」

店内は滅茶苦茶《めちゃくちゃ》に吹っとんでいたが、炎は少なかった。ナパームではなかったのだ。

連呼すると、

「あいよ」

「ホーイ」

幾つもの声が上がった。

倒れた梁《はり》や構造材の間から人影が次々に跳《は》ね上がる。負傷とは無縁の動きであった。

全員無事だ。

「最後におかしな駒打ちやがって」

バキラが顔をひと撫《な》でした。傷ひとつない。他の連中も同じだ。戦闘服や防弾ベストにも損傷はゼロだ。

「効《き》くわね、あのスプレー」

ギルが感嘆の声を放った。

米軍の〝液体装甲《リキッド・アーマー》〟よりも、ソ連軍武器開発局のほうが早かったのである。「アルマゲドン」が入手したのは、ひと月前。ようやく実戦で効果が確かめられたわけだ。

「全員無事だな」

〝大佐〟はもう確認済みの声で言った。

「異常なし――ですが」

バキラが四方へ眼をやって、

「グレイスンとボディガードがいません」

〝大佐〟はふり返った。

裏口へ続くドアが開いている。グレイスンのいた位置から、点々と血痕が続いていた。

「捜せ！　おれたちを信用できなくなったのかもしれん。莫迦《ばか》どもが。おれたちなしで外へ出たら、テロリストの餌食《えじき》だぞ」

パトカーのサイレンを聴《き》きながら、ダンディは肩を貸したグレイスンに、

「すぐタクシーを拾います」

と言った。「ギンズバーグ」の裏口である。

「彼らといたほうがいいんじゃないのか?」

グレイスンの声は低く苦痛に満ちていた。

「私は今のテロの狙《ねら》いを、『アルマゲドン』だと思っています」

「我々ではない、と?」

「確証はありませんが、テロリストならば、取りあえず我々の拉致《らち》を考えるはずです。殺してしまっては、身代金が入りません」

一台のタクシーが停《と》まった。

後部座席にまずグレイスンを入れ、後に続いてから、

「最も近い〈ゲート〉を渡ってくれ」

とダンディは告げた。

車をスタートさせて、

「今の爆発でかい？」

と運転手は訊いた。

「急いでくれ」

「そうあわてるな。相棒は見てくれよりだいぶ悪いぜ。医者が先じゃねえかな」

「余計な」

と切れかけたダンディの肩に、グレイスンの重みがのしかかって来た。

素早く額《ひたい》に手を当て、眼球を調べ、脈を取って、ダンディは青ざめた。

傷を調べると、左肺の下に被弾している。

「気がつかなかった」

痛恨の思いで言った。出血が多すぎる。放っておけば一〇分も保《も》つかどうか。

「医者へやってくれ」

「ギンズバーグ」へのテロを、せつらは「地獄耳」のモニターで見た。

「やらかした」

天祇はうなずいたきりである。

勘定を払って、店を出る前に、

「お大事に」

と声をかけた。

天祇は軽く頭を下げて挨拶《あいさつ》に代えた。

「ギンズバーグ」の前に顔見知りがいた。

屍刑四郎は、せつらを見るや苦笑して、

「テロリストにも依頼人がいたか？」

「無関係」

せつらの返事は茫洋《ぼうよう》と短い。

「狙われたのは？」

屍は素早く眼をそらそうとしたが、遅かった。

「凍らせ屋《スパイン・チラー》」と恐れられる男の顔が、桜色に染まる。せつらマジックは秒瞬《びょうしゅん》の技だ。

「――生き残ったスタッフの話だと、傭兵グループとその雇《やと》い主《ぬし》らしい。どっちもテロの後、すぐに逃げ出したが、依頼人が先に脱出して、傭兵たちは彼を追っかけて行ったらしい」

「実は無関係」

「いや。雇用関係だったのは間違いなさそうだ。雇うほうが信用できなくなったのかもしれん」

「死体見てもいい?」

せつらは救急車に眼をやった。

「それが――死体はひとつもない」

「死者ゼロ?」

せつらにも信じられないことであった。

「いや。テロリストは全員返り討ちで、スタッフも二人死んでる。どうやら騒ぎに紛れて、持って行かれたらしい」

「〝死体盗人《ぬすびと》〟?」

「ああ、〝ボディ・スナッチャー〟だ」

屍はうなずいた。

「危《やば》いね」

「ああ。じきに地の底から出て来そうだ。別人になってな」

屍の表情は険《けわ》しい。その意味を理解しているのかいないのか、せつらはいつもと変わらぬ茫とした眼《まな》差《ざ》しを、凄惨《せいさん》な現場に当てていた。


とりあえず、せつらは家へ戻った。

陽《ひ》が翳《かげ》り出した頃、電話がかかって来た。〈グレイスン・アームズ〉社長のボディガード=ダンディと名乗った。

「はあ」

「――あんたは〈新宿〉一の人捜し屋《マン・サーチャー》と聞いた。今、〈歌舞伎町〉の『デスバレー』ってホテルにいる。すぐ来てくれ」

「仕事？」

「そうだ。社長が消えた。捜し出してくれ」

「何時に何処から？」

「『ヘルス・クリニック』って町医者のところからだ。時間はざっと二時間前」

「お急ぎ？」

「表向きは明日の正午、〈新宿〉を正式訪問する予定だ。それまでに見つけてくれ」

「では、そちらへ」

せつらはタクシーでホテル「デスバレー」に駆けつけた。

〈歌舞伎町〉のホテル街の中にあるが、昔で言うと木賃宿《きちんやど》に近い安ホテルだ。宿泊者は、貧乏観光客か日雇い労働者が殆《ほとん》どだ。

それでもエレベーターで二階へ上がった。

ドアは閉じられていた。

エレベーターを降りてすぐ、〝探《さぐ》り糸〟を送ってある。

異常がひとつあった。

妖糸《ようし》でロックを解き、せつらは狭い部屋《シングル》の中で、ベッドに横たわるダンディを見つめた。

こと切れている。

巻きつけた糸は体機能の停止を一〇分ほど前と伝えた。他殺ではない。せつらとの会話を終えて力尽きたのだ。

せつらの耳の中に、最後の言葉が残っていた。

明日の正午——それまでに見つけてくれ。

依頼を受けてはいない。詳《くわ》しい話を聞いてから決めるつもりだった。

その前に、依頼人は死んだ。

「グレイスンか」

せつらは、ボディガードへ眼をやってから、窓へ寄った。誰にも目撃されてはいない。フロントにも人はいなかった。このホテルに監視カメラなどないのはわかっている。

窓の下の通りにも人影はゼロだ。

素早く身を投げた。

三〇分後、その姿は〈河田町《かわだちよう》〉の「ヘルス・クリニック」前にあった。

玄関の向こうはすぐ待合室である。
六、七人の患者がガス・ストーブを囲んでいる。
せつらを見た途端、全身を弛緩《しかん》させ、手にした雑誌を取り落とす。

受付へ顔を出したときには、向こう側の若い看護師は夢うつつの中を漂《ただよ》っていた。

「外国人が二人来たの？」

とせつらは言った。

看護師は、それでも首を横にふった。

「存じません」

せつらは、じっと見た。

「来た」

看護師はうなずいた。

「何処？」

「裏口から——院長先生が会いました」

「どーも」

せつらは診察室へ移動し、ドアをノックした。

「はい」

いらついたような声が応じた。診察の最中なのだろう。

せつらはドアを開けた。誰を診《み》ていても、すぐ死にやしない——それくらいは考えかねない若者だ。

真っ先に眼についたのは、鬼であった。

広い背中に彫られた般若《はんにや》の刺青《いれずみ》が牙《きば》を剝いている。

「どーも」

と軽く一礼してから、

「院長とお話が」

デスクの向こうで、処方箋《しよほうせん》にペンを走らせていた白髪の医師が顔を上げ、たちまち魔法にかかった。

「——君は——何の用だ？」

刺青がふり返った。

本人のほうが危《やば》い顔つきの男であった。

「おい、他人《ひと》の診察中に――」

と言ったきり、こちらも幼児みたいな表情に化ける。

「外国人が二人来たはずですが。ひとりは死にました。もうひとりは何処に？」

「何のことだね？」

医師は椅子《いす》の背に身をもたせかけて、そっくり返った。権威の姿勢というやつだ。

「ここにはいない。何処？」

〝探《ど》り糸〟の成果なしを指先で感じた以上、後は責《せ》め問いしかないが、無論、医師はそんな事態、想像もしていない。

「この野郎――いきなり入って来て何だ、その態度は？」

男が立ち上がった。〈新宿〉らしく、ベルトには白鞘《しらさや》の匕首《あいくち》がはさんである。

「どーも」

せつらは次の段階に移った。

医師が凍りついた。

服にも肌にも傷ひとつつけず、骨の髄《ずい》まで食い込む痛みは、味わう当人にしかわからない。

「何処？」

とせつら。

「こ、この野郎――先生に何しやがった⁉」

男が匕首を抜いた。慣れた動きであるが、この相手では意味がなかった。

たちまち二体目の彫像《ちょうぞう》に変わった。

「ひょっとして、つるんでる？」

とせつら。返事はない。しかし、美繊指《びせんし》の筋肉の何処かが動くと、

「そ、そうだ。仲間だ」

と医師が呻《うめ》いた。それに対し、

「やめろ――おれは、ただの患者だ」

と刺青が喚いた。どちらも断末魔《だんまつま》の叫びにしか聞こえない。

「外国人はここから消えた。そちらの患者の仲間が運んだ？」

　せつらの声だけが、午後の光に満ちた診察室に冷たく美しく響いた。

「そ、そうだ」

　と院長。

「ち、違う」

　と刺青男。

「名前は？」

　せつらは刺青男に訊いた。そっぽを向こうとして、そり返った。小さく、ひぃと洩《も》らす。

　虚《うつ》ろな眼は、これ以上逆らったら訪《おとな》うべき世界を見ているのかもしれなかった。

「坂崎《さかざき》だ……。『源竜会《げんりゅうかい》』の坂崎……だ」

「外人さんを運んだ？」

　相手の苦痛にまるきり気がつかない、という感じである。それ以前に、興味がないのだ。

「知らねえ……会の者が……やったかもしれねえが……おれは何も……」

　次の瞬間、坂崎は失神した。

　嘘をついていないと、せつらは判断したのである。だから、失神で済ませた。切断よりはましと考えるべきだろう。

「それでは」

　せつらはドアへ向かった。

　あと五分も放置すれば、老医師の肉体は機能不全を生じ、医師としての作業は完全に果たせなくなる。患者をやくざへ渡した報《むく》いか、最後まで雇い主を案じて死んだボディガードへの鎮魂《ちんこん》か——おそらくは、どちらでもあるまい。では？　と問う者は、病院を出たせつらの美貌を見ただけで、質問の意図すら忘れてしまうだろう。

3

〈河田町〉の住宅街に建つビルひとつが「源竜会」

の根城《ねじろ》であった。

ドアの前に立つまでに、せつらは、尋常《じんじょう》ならざる出来事に気づいていた。

〝探り糸〟の成果であった。

ドアの向こうは組員の待合室《ラウンジ》である。一歩入ると凄まじい血臭《けつしゅう》が襲いかかった。

血をバケツで五、六杯ぶちまけ、寸断した死体をばらまいたに違いない。中身もそのままでだ。惨劇から一〇分と経《た》ってはいまい。

事務所内の全員死亡はわかっていた。地下室にもいないが、サンドイッチの包みとコーラの空瓶《あきびん》が残っている。誰が連れ出したにせよ、グレイスンはここに監禁されていたのだ。

せつらは足下《あしもと》のシャツの右袖《そで》に通した腕の切り口を、妖糸でチェックした。

肉も骨も、一瞬の停滞もなく切り落とされている。滑《なめ》らかどころか芸術的とさえ言える切り口であった。そのために腕にかかったパワーは、瞬間一〇トンを超すだろう。

「妖物《ようぶつ》か」

と口にしたのを見ると、切り口に驚いた――いや、惚《ほ》れ惚《ぼ》れしたのかもしれない。

これで終わりなら、わざわざ内部《なか》へ入っては来なかったろう。

彼は二階へ上がった。

会議室や組長の部屋はこの階だ。

ひとつのドアの前に、首と胴と足と――三分割された遺体が血の海をこしらえていた。

せつらが前に立つと、ドアは自然に開き、せつらは五センチほど宙に浮いて、足も動かさずに室内へ吸い込まれた。

神棚以外は、あまりやくざらしくない室内の奥に、不釣《ふつ》り合《あ》いな塊《かたまり》が備《そな》えつけられていた。

個人用避難壕《ベトン》である。

多くは不意《ふい》討《う》ち用の緊急避難所だが、人間の手に負えない妖物の侵入時にも、隠れ場所として使用される。

せつらもこれには手を出さずにおいたが、襲撃者は放っておかなかったようだ。

表面に二カ所、二〇センチほどの切り込み痕《あと》がついている。

「諦《あきら》めがいい」

せつらがつぶやいたとき、かすかな電子音が内側でした。

「おや」

ぎいと開いた。

自動式ショットガンの銃身が現われた。

摑んだ手が出て来る前に、老いた悲鳴とともに、恰幅のいい背広姿がひとりとび出して来た。

白髪だが、凶々《まがまが》しい顔つきは脂肪《あぶら》ぎっている六〇代だ。

「源竜さん？」

茫洋《ぼうよう》と訊いたが、手首に糸をつけて引っ張り出した当人である。


「だ……誰だ……あんたは？」

詰問《きつもん》の声が途中で、恍惚たる響きを帯びたのは、無論、せつらを見たからだ。

「通りがかり」

ぬけぬけと応じて、

「大変でしたね。下、凄いですよ」

「あれか――皆殺しか？」

「はあ」

「若いもんが知らせに来た。ここへ入れってな」

「それはそれは」

組員たちの死闘を確かめもせず、保身に走ったトップの言い草を、せつらが信じたかどうかはわからない。

「相手は誰です？」

「わからねえ。おれはずっとここにいたんでな。外の若いのは、殴《なぐ》り込みだと言ってたが」

「へえ」

となると、人間だ。しかし、足跡はなかったのだ。

「敵はひとり？」

「おれにわかるわけねえだろ。下じゃ、みんな死んでるのか？」

「それはもう」

この若者は別世界の人間だとわかったのか、源竜は起き上がって、部屋を出た。戸口のバラバラ死体を見て、露骨に顔をそむけたが、一階へ下りると、平然と惨状を見廻《みまわ》した。肝《きも》が据《す》わったらしい。

「派手にやりやがったな。おれが知ってるのは、さっき話したことだけだが、これをしでかしたのは人間じゃねえな」

ここで、はっとした表情になった。グレイスンのことを思い出したのである。

せつらが訊いた。

「彼はさらわれた。誰がやった？」

どう見ても、茶呑《の》み話の口調と雰囲気の問いだ。

だが、源竜は震え上がった。やくざはわかるのだ——人を人とも思わぬ同類が。

「知らん」

「ここへ連れて来た。お金になると思った。それを奪いに来た。同じことを考えて、しかも、全員バラバラにできる相手だ。マジで知らない？」

「何度訊かれても、心当たりなんかねえよ」

「ほう」

せつらの顔が、玄関の方を向いた。

源竜がそれを追い、ひいと洩らして、硬直した。

男がひとり立っていた。

面長《おもなが》の顔は残忍な笑いに歪《ゆが》んでいた。一〇人以上を斬断《ざんだん》した自信の笑《え》みだ。

源竜の眼は男の下げた右手に吸いついた。

刃渡り三〇センチ超の大刃ナイフを握っている。

一滴の血もついていないのが、却《かえ》って不気味だった。

「誰だ、おまえは？」

源竜が凄まじい表情を作った。この辺は本物だ。

「ひとりも残さんぞ」

男は、達者な日本語で告げた。そのために近くに潜《ひそ》んでいたのだろう。

一歩を踏み出した。

足音は立てない。摩擦《まさつ》という現象を、この男の足は無視しているようであった。

右手をふった。

距離がある。届かないはずだ。

光がのびた。

それは源竜の首とせつらの胸上部を両断して、男の手の中で異常なナイフに戻った。

男の薄笑いが消失した。

やくざの首は落ちたが、せつらはそのまま立っている。

男の足下で小さな音が鳴った。

半ばから切断されたナイフの刃が床に刺さったのである。

「残念」

せつらの声と同時に、男は身を翻した。せつらを恐れたこともあるが、時間がかかりそうだと判断したのである。

せつらは追わなかった。

手に残る妖糸は、男の息遣《いきづか》いや足取りも伝えて来る。その動きが止まったところが、グレイスンを捕らえたアジトのはずであった。

凄惨な血の海の中に、静かに眼を閉じ、糸の伝えを忍び聴く姿は、月の光が結晶した華麗《かれい》な像のようであった。

グレイスンは、〈大久保《おおくぼ》〉二丁目にあるビルの地下に転がされていた。

俗に言う〝電子キャラ〟――身長、体重、持病、血液型、生年月日、本名、家族名、現住所、パスポート・ナンバー等々を含む電子情報を一括したカードは、まさに個人そのものであるとして、〝キャラクター〟の名を与えられている――は、「源竜会」

に奪われていたが、拉致時点でも、彼はさして動じはしなかった。

傷の治療は最初のクリニックで完了していたし、テロリストによる拉致もはじめてではなかった。気になることといえば、ここへ連れて来た男たちのことで、ジャパニーズ・マフィアのところから、こちらの目的が実はよくわからない。

地下室の彼を連れ出したのは、美女など食傷気味もいいところの彼が、眼を剝くほどの華麗なる女であった。

思わず、

「おまえは？」

と訊いてしまったほどである。

背すじが寒くなるくらいに妖艶《ようえん》な笑みをルージュの唇に紅《あか》く染めて、任務にふさわしいと思えぬ黒いドレスの女は、

「グロリアよ」

言うなり、右手をひとふりした。

全身に蜘蛛《くも》の子のようなものが貼り付き、グレイスンは知覚を失った。最後に覚えているのは、

「おいで」

世界最高の娼婦《しょうふ》が誘うような声に、浮かび上がる身体《からだ》の動きだった。

覚醒《かくせい》したのは、三〇分ほど前である。身の安否よりも、女——グロリアの顔と肢体《したい》が浮かんだ。

その思いが届いたか、鉄扉《てっぴ》が開いて、当人が入って来たのである。

「お目が醒《さ》めたようね？」

卑猥《ひわい》さがしたたるような声であった。

「色々と調べさせてもらったわ、ミスター・グレイスン。地下室で会った瞬間に身元はわかったけれどね」

グレイスンの前に来て身を屈《かが》めた。

ミニスカが上へずれて、太腿《ふともも》がつけ根までさらけ出される。グレイスンの眼が吸いついた。ノーパンだ。黒い繁《しげ》みを隠そうともせず、

「あなたが大変なお金持ちってだけで、私、興奮してるのよ。ね、濡《ぬ》れてるの、わかる?」

「勿論《もちろん》だ」

グレイスンは怯《おび》えが失われているのに気がついた。

女の挑発は明白であり、冗談などではなかった。

「おまえは——何者だ?」

「そんな話は後でゆっくりしましょ」

「私はいいが、おまえは——」

「しっ」

女はすぼめた唇に人さし指を当てて、

「一応、亭主がいるのよ。大きな声出さないで、もっとも——向こうも勘《かん》づいているけれどね」

「おい」

「静かにと言ったでしょ」

咎《とが》めるように言って、グロリアはグレイスンの股間に顔を入れて来た。

右の人さし指を軽く曲げただけで、ジッパーが下りていくのを、グレイスンは驚きと期待を込めて見つめた。さすがに、こんな真似《まね》をした女はいない。

「あーら、もう」

グロリアはわざとらしい驚きを顔に乗せ、本物の欲情を眼に漲《みなぎ》らせた。

「この国の男も体格がよくなったけれど、ここはやっぱりアメリカが本場ね。おしゃぶりはいらないわ」

白い指がグレイスンを握りしめ、その上に尻を移した。

「ほーら」

ずぶりと潜《もぐ》り込むのを、グレイスンは感じた。異様な快楽が男根を呑み込んだ。

グロリアの内部が蠢《うごめ》いている。

「お……おお」

たちまち声が洩れた。

「どう、私の具合?」

グロリアの顔はすでに上気し、呻き声であった。

「凄いぞ——大した逸品《いっぴん》だ……この私が——もうイキそう……だ」

「おイキなさいな。我慢は身体に毒よ」

「千匹もの濡れた虫に巻きつかれたようだ。おまえ……おまえは何者だ？」

「じきにわかるわ……ああ、あなたのも立派よ。こんな男、久しぶり。あたしがしたい男も、きっとこんなふうよ」

二人は眼を閉じた。

一〇秒と保たずに、グレイスンは放っていた。

モニターを切って、毛むくじゃらの黒人は、分厚《ぶあつ》い唇を歪めた。

「相変わらずの見境《みさかい》なしめ。だが、グレイスン・アームズよ、このセックスは高くつくぞ。尻の毛まで毟《むし》り取ってくれる」

第四章　ガン・パート

1

女――グロリアが戻って来たとき、黒人はパソコンを前に首をかしげていた。

「浮かない顔ね」

グロリアの声は欲情を隠していない。英語だ。

「そっちはお愉《たの》しみだな」

「嫌みを言わないでよ。あれは仕事の一部。だから、覗《のぞ》きOKにしてるでしょ」

「ほいほい」

と応じた黒人はキーボードに舌打ちして見せた。

自分に対するものではないと気づいたらしい女が、

「うまくいってないようね」

「ああ。おれは通信の専門家だ。〈新宿〉だろうが、ミンダナオ海溝の底だろうが、世界の何処《どこ》へだって電波を届けてみせる。ところが――ここだけは駄目だ。どうしても〈亀裂〉にかかるとシャットオフされちまう。これじゃ、『グレイスン・アームズ』を強請《ゆす》ることもできやしねえ」

グロリアの表情が変わった。

「電波はどうなったの?」

「〈新宿〉中を駆け巡ってる。何、心配はいらねえ。暗号化してあるんだ。誰が受信したって、読めやしねえよ」

「あんたの長所は仕事熱心なことだけど、欠点も同じよ。ここは〈魔界都市〉よ。人間の常識は通用しないのよ」

「何だよ、あいつを拉致《らち》できたのも、おれがやくざどもの電話を盗聴したお蔭《かげ》じゃねえの。そんな眼で見られる覚えはねえぞ」

「さっきはしたけど、現在《いま》はされたわよ」

「え?」

黒人はグロリアに恐怖の視線を注いだ。

窓ガラスに拳《こぶし》大の穴が開いた。その延長線上に黒人の頭があった。

脳漿《のうしょう》がグロリアの顔を叩《たた》いた。

ひっ⁉ と叫んで身を伏せる。途中で心臓が射《う》ち抜かれた。

床へ横倒しになりつつ、女は呪詛《じゅそ》を込めた最後の言葉を放った。

「〝ジェイソン〟――仇《かたき》を討て」

瀕死《ひんし》の叫びは、ドアにさえ届かなかった。


だが、このとき、地下の何処かで、起き上がったものがいた。

それは思考能力はなかった。グロリアの呪術によってこの街の妖気から造り出されたが故《ゆえ》に、創造者の命令だけには従属するのだった。

床に刺さった四本の肉切り包丁《ぼうちょう》の一本を引き抜いて、彼は復讐《ふくしゅう》の歩みを踏み出した。


近づいて来る気配をグレイスンは感じた。足音はしない。だが、近づいて来るのだ。

彼は恐怖が滲《にじ》みはじめた眼を鉄の扉に向けた。

こういう場合、いちばん聞きたくない音をたてて、扉は開いた。

面長《おもなが》の男が立っていた。

ぶら下げたナイフを見る前に、グレイスンは正体を見破った。麻痺《まひ》の残る声帯を震わせて、

「誰か――グロリア、来てくれ！ 人殺しが来たぞ！」

応じる声はない。

男は躊躇《ちゅうちょ》なく近づいて来た。足音をたてず。

そして、グレイスンの前まで来ると、その頭頂へ、ナイフをふり下ろした。


「アルマゲドン」のセンサーが、「グレイスン・アームズ」宛《あ》ての暗号通信を傍受《ぼうじゅ》したのは、二〇分ほど前だった。

発信地点は〈新大久保駅〉近くのマンションの一

階。〈大京町《だいきょうちょう》〉からの急行であった。

専用駐車場へ入って、装甲車からとび降りる——待ってと止めた者がいる。

ギルであった。

「どうした?」

出鼻をくじかれたが、怒る者はいない。ギルの予知能力と言ってもいい勘《かん》が、何度も彼らの死地を救っているのだった。

「どうした?」

〝大佐〟が訊《き》いた。みな四方を見廻《みまわ》している。

「何かいるわ。この世の存在じゃあない連中よ」

「複数か?」

「間違いないわ。人数は不明」

ギルの声も表情も刺すようだ。

「化物相手か——この街が現場と聞いたときから覚悟はしていたが——全員、対異生物戦闘モードに変身しろ」

三分後、次々に装甲車から降りた影は人間のものとは思えなかった。

アイ・レーダーを装着したヘルメット、分厚い胸郭《きょうかく》から生《は》えたような両腕両足は、最も脆弱《ぜいじゃく》といわれる関節部さえ、大口径ライフル弾の直撃も撥《は》ね返しそうに見える。

それぞれ愛用の武器を手に、腰のホルスターは拳銃を納め、胸部のポケットには各種手榴弾《しゅりゅうだん》と弾倉《マガジン》、エネルギーパックが並んでいる。

路地の入口からブレーキ音が響いた。パトカーが突っ込んで来た。急停車し、ドアが開いた。

「何をしている?」

〈機動警官《コマンド・ポリス》〉の制服を身につけた男が二人、国産の豊《ほう》和《わ》A R9《アサルト・ライフル》を肩付けしていた。どちらも直角に開いたドアの後ろに立っている。防弾ベストより頼りになる盾《たて》だ。

「呑《の》み会だよ。こりゃ仮装だ」

と〝大佐〟が胸を叩いた。彼だけは顔出しである。

「楽しそうなパーティだな。全員、両手を壁につけ――今すぐだ」

「ちょっと待ってくれ。呑み会の証拠を見せるぜ」

「並べ。でないと射つ」

〈機動警官〉に容赦《ようしや》はない。〝大佐〟の弁解を鵜呑《うの》みにするような状況ではなかった。AR9の銃口は〝大佐〟と最も近くにいる刈り上げ男――ドルフVの頭部をポイントしていた。電子照準器のスクリーンは、目標地点に青緑の光点を留《とど》めている。

「わかった――警官《ポリス》にゃ敵《かな》わねえ」

だらしなく両手でレーザー・ライフルを頭上に持ち上げた――刹那《せつな》、真紅《しんく》の光条《こうじよう》がAR9の機関部を貫《つらぬ》いた。レーザー・ビームだ。だが、どうやって？

持ち上げたライフルを警官たちの方も見ず、二度――無雑作《むぞうさ》に回転させて、一ミリの狂いもなく標的を貫《つらぬ》いたとは、説明されても納得できる者はいまい。

「動くな」

と鋭く命じて、〝大佐〟はドルフVに顎《あご》をしゃくった。

彼は腰のホルスターの下にあるポケットから、小型拳銃を抜き取るや引金《トリガー》を引いた。

警官たちは、だらしなく横転した。強力な麻痺線を浴びせられたとは半日後に覚醒《かくせい》するまで理解できないだろう。〈機動警官〉は全員、署で麻酔攻撃への処理を受けてはいるが、ドルフVの武器は、それをたやすく凌駕《りようが》してのけたのだ。

「無線は擬似《ぎじ》応答を流しておく――早く行け」

「了解」

ドルフVは建物へ消えた。

〝大佐〟は倒れた警官たちを軽々と持ち上げてパトカーの運転席と助手席に坐《すわ》らせ、後頭部に強制催眠ピンを打ち込んだ。

ぼんやりと眼を開けた二人へ、

「パトロールを続けろ。警察からの通信にだけ応答しろ」

と命じて離れた。

ロボットと化した警官がエンジンをかけ、パトカーは滑《なめ》らかに路地を出て行った。

「おかしな手間をかけさせやがって」

つぶやいて、〝大佐〟は装甲車に戻った。

指定席――中央制御《コントロール》シートにつくと、二〇センチ前方の空間に、縦横五〇センチほどのスクリーンが現われた。

先頭を行くバキラの、さらに前をゆるやかに飛《ひ》翔《しょう》する小型ドローンからの映像だ。隊員たちも、ヘルメット内のスクリーンで同じものを目撃しているはずだ。

「ん？」

思わず口を衝《つ》いたのは、驚きの言葉だった。

画面に映る廊下が激しくぶれ、白い波線が容赦なく走る――消えた。

ドローンに異常か――信じられないことであった。

「全員、気をつけろ――これは人外《じんがい》の鬼気《きき》によるものだ。聖水噴出」

ヘルメットの頭頂部から一〇ccの聖水が噴霧され、全身をカバーする。最も簡単で効果絶大な魔除《まよ》けだ。

「とりあえず、霊的攻撃はOKだ。後は生身の分だが、油断するな」

声と電子文字で、了解の返事が届いた。どちらもかすれ、途切れ途切れである。画像も多少修整されたが、充分とはいえない。

妖気の主は相当なしたたかものに違いなかった。

建物内は異様に冷たかった。

「室内温度は二七度だ」

と先頭のバキラが言った体感温度が異常――彼らの感覚器官が狂わされているということだ。

「シャワーが効かねえ」

と長身の若者が小さく十字を切った。装甲服内部の首には、十文字が同じ長さのギリシャ十字架が光っている。

ギリシャの若者で、サグヴィという。武器はTAVOR TS-13。イスラエルのIWI社開発のオート・ショットガンだ。セレクターによって、フル/セミ・オートの選択が可能なこれは、二本の円筒弾倉《チューブ・マガジン》に最大一五発の装塡《そうてん》を可能とする。

「ああ、取っ憑《つ》かれねえように注意しな」

とバキラが応じたとき、地下から物音が聞こえた。右方に階段がある。

「行くぞ」

サグヴィともうひとり——ワグナーという若者が、ずしりと重そうな複合戦闘システム・ライフルを片手に、残りの手を振って前進を示した。

ライフルの形は、二〇〇一年に廃棄されたOICW(個人主体戦闘兵器《オブジェクティヴ・インディヴィジュアル・コンバット・ウエポン》)計画下で試作されたXM29と類似しているが、心持ちスリムで軽そうだ。XM29は、三〇連発の五・五六ミリ・アサルト・ライフルと二〇ミリ榴弾発射器《グレネード・ランチャー》六連発を一体化し、その攻撃はコンピュータによる射撃管制システムが担当する銃だが、全重量が八キロ超と携帯兵器の枠《レベル》を逸脱《いつだつ》し、性能それ自体にも問題があったため廃棄の憂《う》き目《め》に遭《あ》った。裏社会の開発者たちは辛抱《しんぼう》強く改良に励《はげ》んでいたらしい。

ワグナーのゴーグルに組み込まれたパネル状の視認解析器《ヴィジュアライズ・アナライザー》が、廊下の人影を捉《とら》えて、全員に映像と解析情報を送信する。作業衣を着用した男性。人数は三名。生命オーラ発射なし。憑《ひょう》依《い》体《たい》か生ける死者《リビング・デッド》と思われる。

指令担当は外の〝大佐〟だが、実戦ではバキラだ。指示を出すまでもない状況であった。

「動くな——武器を捨てろ」

ワグナーの声は、マイクから拡声器へと伝わった。

前方の男だけ警告を無視した。のろのろとこちらへ歩き出す。

その姿がやや暗いところから明るい位置へ出て来た瞬間、全員を驚愕《きょうがく》が叩いた。

「こいつら――『ホークアイ』のメンバーだぞ」

バキラがつぶやいた。

「――野郎ども、地獄から戻ったか」

「ワグナー、手榴弾《パイナップル》を投げろ」

「了解」

胸のスリングからパイナップルが外され、発火リングが引き抜かれると同時に、ゆっくりと放られた。空中で安全《セフティ》グリップが弾《はじ》けとぶ。

転がる音が遠ざかって行く。

爆発のタイミングは完璧であった。

いつもながらの炎と爆風と轟《とどろ》き――コンクリートの破片と敵兵の四肢《しし》がとんで来る。

いや。

「盾だ！」

ワグナーとサグヴィが声を合わせた。


通路の先は、長方形のバリケードで塞《ふさ》がれていた。

戦闘用の防弾プレートである。軽量合金だが、至近距離の着弾の破片や、拳銃弾くらいはカバーする。

しかし、手榴弾は直撃だ。人間は盾ごと吹きとばされてしまう。

それを防ぐ膂力《りょりょく》の持ち主が、敵なのだ。

〝盾〟がそのままの位置で前進しはじめた。

「何だ、こいつら、膝《ひざ》歩きして来やがる⁉」

「用心しろ」

〝大佐〟の声が、全員の耳を叩いた。

「ワグナー、もう一発、内側へぶち込め！」

バキラの指示に、若者が新品を摑《つか》んだ。

その足下に、うす緑色の塊《かたまり》が落ちて来た。

「正面！」

バキラの声よりわずかに遅れて、敵側の手榴弾は炸裂《さくれつ》した。

2

直撃を食らったのは、ワグナーとサグヴィだった。

ほとんど大の字状態で左右の壁に叩きつけられた。

大丈夫か？　の声はなかった。

膝つき部隊が防弾プレートの間から猛射を浴びせて来たのだ。

膝に腰に向こう脛《ずね》に着弾の雨が襲う。全弾、火花とともに弾き返したが、

「殺せ！」

バキラの叫びより、応射のほうが早かった。

「アルマゲドン」たちのライフルには、徹甲炸裂弾《てっこうさくれつだん》が装塡されていた。防弾プレートなど紙のように貫通し、守られた標的の防禦服《ボディ・アーマー》を抜けて、人体内で小爆発を引き起こした。頭部なら脳までばらばら、胴体なら内臓が吹っとぶ。

だが、敵の射撃は熄《や》まなかった。攻撃は膝から下に集中していた。

穴だらけになった防弾プレートが放り出され、人影が立ち上がった。

間違いない。「ホークアイ」のメンバーだ。

一度死んだと知らなければ、生きっ放しとしか思えない。

だが、先頭の三人は頭が半分失われ、眼球は潰《つぶ》れ、心臓にも鳩尾《みぞおち》にも大穴が開いている。

「くたばれ、化物」

火線が走り、壁に当たった薬莢《やっきょう》がちちちと鳴り続けた。

脳漿がとび散り、頭部が四散しても、彼らは倒れなかった。「アルマゲドン」めがけてAK47を連射する様は悪夢絵の極《きわ》みと言えた。

「全員、入口まで後退——焼夷弾《しょういだん》を使うぞ」

絶叫が上がった。

音波センサーは、サグヴィとワグナーのものだと伝えて来た。彼らは前進する敵の真《ま》っ只中《ただなか》に放置されてしまっているのだ。

「――どうした⁉」

〝大佐〟がマイクに向かった。

「奴《やつ》ら――防禦服を剝《は》がして――凄《すご》い力だ――うわ――何しやがる⁉……嚙《か》みついた――サグヴィもやられてる……こいつら……おれたちを食らう気だ⁉」

絶叫が噴《ふ》き上がった。血色の叫びであった。

二本の生命維持ラインがモニターから消えるのを確かめ、

「今度こそ、焼き殺せ。焼夷弾を使え」

六〇〇〇度の火球は入口からも噴出した。

それが消えてから侵入した「アルマゲドン」の三名は、仲間たちを含めた「ホークアイ」全員の灰を確認したのである。

「あと二人分の死体があります」

「グレイスンをさらった奴らだろう。地下室を捜《さが》せ」

だが、明らかにグレイスンを閉じ込めておいたと思われる地下の一室に、当人の姿はなかった。

「ホークアイ」の生き残りの仕業《しわざ》としか考えられなかった。全員生ける死者《リビング・デッド》ではあるが、彼らの死体を運び、ゾンビ化を施《ほどこ》した者がいるはずだ。そいつが、このビルからの通信を傍受《ぼうじゅ》し、「アルマゲドン」の前に押しかけて、グレイスンを拉致し去ったのだ。

「何としても捜せ。それから、ドルフV――秋せつらを見張れ」

〝大佐〟の指令を受けて、傭兵のひとりは〈新宿〉に吸い込まれた。

一〇分足らずで〈機動警官〉が駆けつけたとき、惨たる焼失現場に「アルマゲドン」の関与を証明するものはひとつとしてなかった。

せつらの情報収集ツールのひとつ――「盗み聴き《エアバス・ドロッピング》」は当然、「グレイスン・アームズ」への通信を傍受し、その出所《でどころ》も突き止めていた。と書けば大したものだが、実は奇怪なナイフ男の首をとばした後で、歌舞伎町の店で買った品である。

彼は現場へと急行したが、〈機動警官〉が駆けつけたあとだった。現場を遠目に見て帰ろうとしたら、携帯が鳴った。

屍からである。

「何処へ行く?」

目撃されていたらしい。

応《こた》える前に、

「話したいことがある」

「ないけど」

「アメリカ大使から、君に会いたいと申し出があった。〈区長〉ともどもこれからすぐ、〈区役所〉で面談希望だ」

「会いたくない」

「――わかった。では、直接話してくれ」

「話したく――」

ない、という前に、向こうの声が変わった。

「ハロー、ミスター秋。アメリカ大使のベイシャーズと申します」

流暢《りゅうちょう》な日本語であった。

「はあ」

「今更、申し上げるまでもないかもしれませんが、わが国を代表する企業のひとつ『グレイスン・アームズ』の社長ケネス・グレイスンが〈新宿区内〉で失踪《しっそう》いたしました。是非《ぜひ》とも捜し出していただきたい」

「残念ですが」

沈黙が落ちた。向こう側の精神的ダメージをたやすく想像できる沈黙であった。

「――それは困る」

大使がこう告げたのは、数秒経《た》ってからである。

「我が国としては、『グレイスン・アームズ』に問題が生じては大いに困るのだ。何をおいても君に捜索をお願いしたい」

「とにかく駄目」

「失礼ながら、うまくいった場合の報酬は、国家を挙《あ》げてのものとなる。君の一族は未来永劫《えいごう》、経済的な満足と栄光に包まれて暮らすことに――」

「独身」

と返したとき、向こうの声が変わった。

「〈区長〉の梶原《かじわら》だ」

「どーも」

「あまりに情のない応答に怒りを感じて乗り出した。君には大使の苦衷《くちゅう》が理解できんのか?」

「全然」

「いいかね。『グレイスン・アームズ』はアメリカを代表する一大企業体《コングロマリット》だ。その総帥《そうすい》が、長期間に亘《わた》って失踪、或《ある》いは死亡したとしたら、アメリカ経済へはどれほどの影響が生じると思うのだ?」

「具体的に言うと――」

茫洋《ぼうよう》とこう言ってから、せつらはすぐ続けた。

「紛争国に兵器が売りつけられなくなる」

小さな通信機の向こうで、梶原は消滅したように感じられた。

「けど、企業は大きくなればなるほど、トップ候補者の数が増える。社長ひとりごときの首をすげ替えるくらい、ここの手を借りなくてもたやすい」

なおも沈黙が続いた。数秒後、それを破ったのは、アメリカ大使だった。

「グレイスンの父は遣《や》り手《て》の名をほしいままにしたが、グレイスンはその上をいく。君の言う企業体のシステムを無視できたのだ。ここから先は――会って話さねばならん」

「それじゃ」

せつらの本気は、向こうにも通じたらしかった。

「――わかった。グレイスンは、我が軍と『グレイスン・アームズ』及び、紛争当事国との微妙な関係を記《しる》した記憶媒体を、自らの肉体の何処かにインプットしているのだ。万が一、それが反アメリカ勢力の手に渡りでもしたら、いや、単に、世の中を騒がしたいだけの、面白がりトラブル・メーカーの手に入っても、アメリカの権威が地に墜《お》ちることは間違いない。それだけは食い止めねばならぬのだ」

「他にも同業者はいっぱい」

「ミスター秋」

大使の口調が変わった。

「我々がグレイスン氏にとって最大の危険人物と見なしているのは、かつての妻――鈴香グレイスンだ」

「…………」

「君はその鈴香グレイスンと、幼馴染《おさななじ》み、しかも、かなり親密な仲だと調べさせてもらっている」

「そいつに頼め――」

せつらは携帯を切って、電源もオフにした。

アメリカ軍が、政府が、その心臓と呼吸《いき》を合わせている紛争国が――ひいては世界の連中がどうなろうと、この美しい若者には何の興味もないのだ。

むしろ――

「やるねえ」

このひとことこそ、せつらのよくわからぬ心情を的確に表現しているものと言えた。

鈴香グレイスンに向けた言葉であった。


〈区役所〉の〈区長室〉では、怒りの炎が渦巻いていた。

渦の中心はベイシャーズ大使であり、巻き込まれんものと、必死に舵《かじ》を切るちっぽけな漁船が梶原〈区長〉であった。

「秋 某《なにがし》は、国際情勢というものを知らんのか？」

赤鬼のように上気した赤ら顔へ、

「関心がないと思いますな」

「本来ならば、本国から千人単位の中央情報局《CIA》のエージェントが押し寄せ、一時間でグレイスンを捜し出してみせる。それをしないのは、この街の特殊性を理解し、君たち経営陣の事情を考慮しているからだ。穏便という言葉の意味を取り違えているならば、いつでもわからせてやろう」

「ま、そう仰《おつしや》らず」

〈新宿〉の特殊性がわかっているからこそ、秋せつらに断わられて血も凍っているくせに、と思いながら、梶原は媚《こび》を売ることに決めた。

「半日余裕をください。何としても彼を説得して見せます」

「とても信じられんがね」

「ひとり適役がおりますぞ」

　にやりと笑う梶原の顔を見た大使の表情は、得体の知れぬ日本人《ジャップ》め、と露骨に告げていた。


　携帯が鳴ったとき、屍刑四郎は現場検証を終えたところだった。

「どーも」

　のんびりした春風のような声音《こわね》に、一気に絶頂まで駆け昇った怒りは、たちまち醒《さ》めていた。

「どういう了見《りようけん》の電話だ?」

　凄《すご》みを利《き》かせた。屍ならではの精神力の成果であった。

「さっき、聞き忘れた。現場の状況とそちらの意見を」

「ふざけるなよ、おい」

「怒りはごもっとも」

　暖簾《のれん》に腕押しの声が返って来た。

　屍は溜息《ためいき》を吐《つ》いた。どんな悪党の血も凍結させる〝凍らせ屋《スパイン・チラー》〟が、常に敗北を喫《きつ》するのだ。

　要求に応えると、

「どーも」

　礼を言って、せつらは携帯を切った。

　状況からして、最後に突入したのは、「アルマゲドン」の一派だ。それらしい防弾服姿の死体が二体、他に六名——これは武器も所持品も灰になっていて目下は何もわからない。〈新宿署〉か〈メフィスト病院〉の検査を待つしかない。

問題はグレイスンの行方だ。地下室の様子から、自力で逃げ出したものらしいが、確証はない。

自力とすると、逃亡方法が問題になるが、それはこの際無視することにした。

ただひとつ——何処へ？


司可奈子《つかさかなこ》がその旅行者とも不良外人ともつかぬ男を保護したのは、〈大久保一丁目〉の路地裏であった。

夜の〈新宿〉をうろつくのは、十中八九《じっちゅうはっく》胡乱《うろん》な輩《やから》だが、この男は服装《スタイル》といい、人品卑《じんぴんいや》しからぬ顔つきといい、予期せぬ不運に見舞われたとしか思えなかった。その上、額《ひたい》の傷から出る血で胸もとまで赤い。普通なら知らん顔で通り過ぎるのだが、何処か引っかかるものがあった。彼を捉え、名前を訊いても、男はぼんやりと彼女を見つめてから、片手で頭を押さえ、

「わからん」

と日本語で答えた。

行く先もわからないと言う。

「とりあえず、病院へ連れてってあげるわ」

近くの緊急クリニックへ放り込んでしまえと思った。それでおさらばか。

「血で眼がよく見えん」

「厄介《やっかい》なオヤジね」

可奈子がウェット・ティシューで拭《ぬぐ》うと、青い眼を何度もまたたかせて、

「ありがとう。君はドクターか？」

「似たようなもんよ」

と記憶喪失の顔を見つめ、

「もっといいところへ連れてってあげる」

可奈子は、ピアスを通した舌で、舌舐《な》めずりをした。

「——何処だね、それは？」

「あんたの会社よ」

「私を――知っているのか？」

むかし見たテレビのニュースでね、と胸の中で答え、可奈子は彼を支えるように通りへ出て、すぐに流しのタクシーへ手を上げた。

3

〈大京町〉のアパートへ戻ると、岳彦《たけひこ》は戻っていた。昨夜、可奈子にちょっかいを出した〈区外〉からの出張リーマンを脅しに行った成果は、スマホひとつだった。

「こいつで奴の口座から一〇〇万下ろして来たわ。一流企業の社員や、使いでは幾《いく》らもあるぜ」

自慢たらたらのドヤ顔が、可奈子の話を聞くや、驚きと期待にふくれあがった。期待は卑《いや》しい色に染まっていた。

「そう言や、この顔、見覚えがあるぜ。まさか、アメリカの経済を支えてるって男が、どうしてここにいるんだ？」

「知らないよ、そんなこと」

可奈子は突っかかるように言って、六畳間に横たわるグレイスンを見つめた。

タクシーの中で、傷口に麻酔薬を塗り込んだのである。

「そうだ、おれが帰ってすぐ、谷口《たにぐち》って奴から電話があったぞ。一八の息子が、四日前、おまえの麻薬を服《の》んですぐ死んじまったらしい」

「あーあ。気の毒にね。アルカロイド系の成分が多いような気はしたんだ。まさか致死量だったとは」

「草の根分けてもおまえを捜し出して、復讐するつもりらしい。気ィつけろよ」

「本気にしてたら、〈新宿〉の三分の一があたしを狙《ねら》ってるよ」

「殺し屋でも雇《やと》うつもりかもしれねえぞ。ありゃ本気だ」

「はいよ。その前に、この金の卵を産むニワトリさんを何処に隠すかよ。ここへは置いとけないもの」

「おれのダチに、貸倉庫経営してる奴がいる。そこへぶち込もう」

「たまには役に立つわね」

「何だよ、その言い草」

「何でもいいじゃん。じゃあ、すぐ連絡とってよ」

「オッケ」


三人を乗せたタクシーが、〈市谷台町《いちがやだいまち》〉の一角に建つ貸倉庫へ到着したのは、それから一時間後であった。

倉庫という名前に反して、そこは荷物らしいものもない空間で、岳彦の友人は、小さな管理人室で三人を迎えた。

正確には友人たち、であった。

鋲《びょう》を打ち込み、鎖《チェーン》を巻きつけた革《かわ》ジャンの若者たちをひと目見て、

「『アカシック・レコード』」

と岳彦は虚《うつ》ろにつぶやいた。

目下、〈新宿〉で最も残忍凶悪と言われている不良集団である。ここのメンバーと判明したら、いかなる場合でも問答無用で射殺OKと、〈新宿警察〉――どころか、暴力団組織でも指示が廻っているという。

「よお、岳彦――久しぶりだなあ」

にやりと笑ったのは、いかにもリーダーらしい、凶悪無比な顔立ちの若者であった。

「お久しぶりです、ユージさん」

岳彦の視線は足下に落ちていた。

一年と少し前まで、ここの下《した》っ端《ぱ》だったのだ。

「今更、昔話をするつもりもねえし、おめえの近況報告を聞いても仕方がねえ。話はてっとり早く済まそうや。その外人――グレイスンだったか――こっちへ渡しな」

「いや……それは……」

「嫌だってのかい？」

ユージの顔いっぱいに笑《え》みが広がった。これから先に起こる事態を予感して、楽しくて堪《たま》らないのだった。

「やだね」

きっぱりと返したのは、可奈子であった。

「おやあ、見た覚えはねえが、女房かい？」

「とんでもねえ、ただの女《スケ》、ですよ」

「それにしちゃ、大口を叩くじゃねえか」

ユージの笑みが、さらに深くなった。彼は、黒い革手袋をはめた左手で顎を撫《な》でた。斜めに大きな刃物傷が走っている。

「これをつけた女を思い出すぜ。〝西口番長〟って言われてた奴でよ。威勢もよかったが、腕もたった。おれが唯一《ゆいいつ》、女につけられた傷よ。おめえが二人目になるか？」

「お望みなら、いつでも」

可奈子も薄く笑った。

「よっしゃ。じゃあ、そのアメ公を頂《いただ》くのはおめえをいたぶってからにしよう」

ユージが顎をしゃくった。

「ちょっと――待ってください！」

岳彦の哀訴《あいそ》の中を、若者たちが走った。二人は取り囲まれた。

「ゴサ――」

岳彦の向こうで、倉庫の持ち主が肩をすくめた。

「悪いな、タケちゃん。この頃はヤチ辛くてよ。いい儲《もう》け話だと思ったのさ」

舌先まで出した。

その喉《のど》に鋼《はがね》の刃が押し当てられるや、ゴサの喉は半《なか》ば以上が裂けた。ばふ、という音がした。

ゴサはふり返って、背後で大刃のナイフを手の平の中に収めるユージを見つめた。

「ど……どうして……？」

後は声にならなかった。口と鼻からも鮮血を噴いて、裏切り者は床につぶれた。

「後で、分け前をよこせと言うだろうからな」

こう言ったユージの手の平の中に、刃は沈んでいる。数年前から流行している人体格納術の一例だ。体内に様々な品物を埋め込み、いざという場合に使用できる。

犯罪者と警官は腹腔《ふっこう》に紙製拳銃《ペーパーガン》やナイフを仕込み、ユージはナイフの刃だが、爆発物や発射装置《ランチャー》込みの小型ミサイルもよく仕舞われる。

もとは、スマホを含めた携帯端末の代わりに、手の平や額にIDカードや電子キイ、キャッシュ・カード等のサービス機能を移したアメリカの若者たちからの流行だ。

「なんてことすんのよ、あんた」

可奈子が歯を剥《む》いた。

「おいおい、生命の尊さを訴えるタイプとも思えねえがなあ」

ユージが嘲笑《ちょうしょう》した。

「おい、次の番だ」

居並ぶ若者たちが右手を上げた。

前腕からせり出したのは長さ三〇センチ足らずだが凶暴なスチールの刃並びを誇るチェーン・ソーであった。

独特のモーター音を上げて回転を始める。

「待ってくれ――こいつは渡す。あんたらのことは何もしゃべらねえ」

蒼白《そうはく》の岳彦が手を合わせた。

「頼む、やめてくれ。おれたちなんか殺したって、仕様がないじゃねえか」

「おまえがおれだったら、自分の言い分を信じるか？――やれ」

と命じて、ユージは奇妙な眼つきになった。喉を押さえたのは、チェーン・ソーの若者たちが歩みを止めてからであった。

三人以外の全員がよろめき、眼をしばたたいて、何とか行動を実践しようと足を踏んばったが、無駄だった。

ひとりのチェーン刃《ば》が隣の仲間の肩を割り、肉片と鮮血を撒《ま》き散らしても、悲鳴ひとつ上がらなかった。

　次々と倒れる音に、チェーン・ソーが床を割る音と火花が重なった。

「てめえら……麻酔薬を……」

「ご名答」

　と真珠入りの白い歯をきらめかせたのは、可奈子だった。

「あたしの仕事《ジョブ》は麻薬販売って知らなかったのかい？　こんなこともあろうかと、あたしとタケは毎日、麻酔薬の対抗剤を放り込んでるんだ。あんたたちの姿を見かけたときから、そうっと、スプレーで麻酔薬を散布しといたのさ。部屋が広いから、特別キツいのを撒いといた。ほおら、いつでもひっくり返りなよ」

「この女《あま》」

　しゅっと、ユージの口からのびた舌そっくりの刃物を難なく躱《かわ》し、可奈子はユージの背後に廻った。

　グレイスンは岳彦まかせだ。

　首すじに当てられた無痛注射器を、ユージは狂気と恐怖の眼で眺めた。

　たっぷりと詰まった毒液を注入する前に、可奈子は彼の傷痕を撫でた。

「あのときは、マスクを被《かぶ》っていたからわからなかったでしょうけど、この傷をつけたのもあたしだよ」

「き……貴様……」

「鉄砲でもナイフでも殺せなかったけど、毒ならいける。はい、ゆっくり休みな」

　足下で痙攣《けいれん》する若者を見下ろしたのも束《つか》の間《ま》、可奈子はグレイスンを担《かつ》いだまま立ち尽くす岳彦へ、

「この近くに、やばい死体を処分する焼却炉《しょうきゃくろ》があったよね。まとめて灰にしちまいな。これで、この倉庫はあたしたちのものよ」

倉庫の駐車場にあったゴサのバンに死体を積んで岳彦が去ってからすぐ、一〇人ほどの若者たちが、倉庫を急襲した。倉庫内の麻酔ガスは、彼らの被ったマスクが無効にした。可奈子は全裸にされた。

「団長から、心臓が停止したときの緊急信号が入ってな」

とひとりが言った。

「男のほうはどうした？」

「さあて」

背《そむ》けた頰《ほお》が鈍《にぶ》い音をたてた。若者の拳がめり込んだのである。それは五度続いた。

「ま、想像はつく。死体処理だろう。死人なら死体でも灰でも同じことだ。おまえの相方が戻って来るまで、ゆっくり待たせてもらうぜ。おまえを可愛《かわい》がりながらなあ」

可奈子は大きく息を吐いて、覚悟を決めた。

その場で這《は》わされた。尻を叩かれても動かずにいると、いきなり嚙みつかれた。悲鳴を聞いた男は、さらに二度、尻に歯形をつけ、腰にも食いついた。

他に手はなかった。可奈子は尻を上げた。

「気の強《つえ》え女を従わせるのは、最高だぜ」

と吐き出してから、男は挑んで来た。

可奈子はすぐに声を上げた。我慢できる体質ではなかった。

もうひとりの若者が、

「畜生《ちくしょう》、いい鳴き声たてやがって」

と罵《ののし》り、両足で顔をはさむように横たわった。

「出せよ」

と強制され、可奈子はズボンのジッパーを下ろして、内部《なか》のものを露出させた。

責められている部分が、また熱くなるほど隆々《りゅうりゅう》たる器官に、はっきりと欲情を感じた。

「ああ」

喘《あえ》ぎながら舌を這わせただけで、若者は呻《うめ》いた。

「いいぞ、もっと旨《うま》そうにしゃぶれ」

可奈子は根元まで吸い込んだ。じゅるじゅると音をたてて吸った。若者を昂《たかぶ》らせるためのテクニックであった。

他の若者たちの、粘《ねば》っこい視線が、全身に感じられた。

尻を責められながら、もうひとりのもの、、をしゃぶっている女を、みなが見つめている。

何人かが自分でしごきはじめた。

もっとしろ、と可奈子は勝ち誇った。あたしの肉体《からだ》とご奉仕する姿を見ながら、勝手にイクといい。

先に放ったのは、口を責めている若者のほうだった。若いだけにたっぷりと放出された濃い汚液を、可奈子は呑み干した。若者が離れようとしても離さず、先端からなお滲《にじ》み出る分を舐め取って、悲鳴を上げさせた。

三人目が口を犯しに来たときに、尻を抱《かか》えていた若者も果てた。

彼が離れると同時に、四人目がのしかかって来た。

深々と刺し貫きながら、

「でけえ尻しやがって」

と若者は喚《わめ》いた。


二時間ほどで、バンが戻って来た。

可奈子には、最初の若者が正常位でのしかかっていた。三度目の行為であった。

「殺《や》っちまえ」

と若者は言った。

五人ばかりが駐車場へ出て、物陰に身を隠し、バンが停《と》まったところで乱射を浴びせた。

AK47の七・六二ミリ弾は通常弾だが、平凡なバンの車体を撃ち抜くくらい簡単な作業だった。

その音を聞きながら、可奈子を責めていた若者は射精した。

「おめえの彼氏はくたばったぜ」

立ち上がって、シャッターのほうを見た。

戻って来ない。

「おい」

と残る四人のうち二人に命じた。

彼らも戻って来なかった。

「おい」

最後の二人に顎をしゃくった。

動こうとしない。

「何してやがる?」

近づいて罵り――気がついた。

二人とも失神中だった。白眼を剝いている。そのくせ、倒れはしないのだ。

二人の胸ぐらを摑んでゆすった。

「おい、どうしたんだ⁉」

解答はすぐにわかった。

骨まで貫く痛みが彼を凍らせた。

寸前にシャッターの方をふり返ったせいで、そこに立つ二つの人影を見た。ひとつは岳彦だ。もうひとつは、単なるシルエットの分際で、痛みを忘れるほど美しい若者であった。

第五章　戦争屋

1

闇は去りつつあった。

倉庫の一室で、可奈子と若者は、近づいて来る美しい人影を見つめた。

名前はわかっている。こんなところで会えるとは。信じられなかった。

だが——確たる証拠が、五メートルほど前方で、彼女を見下ろしていた。

「あなた……あなた……」

虚《うつ》ろな声であった。

「噂《うわさ》に聞いてたわ……秋……せつ……ら……どうしてここへ？」

誰もが知りたがる質問であった。

半《なか》ば呆然《ぼうぜん》とした声である。せつらの美貌《びぼう》と、妖糸《ようし》の手練《しゅれん》に恐れ入ったのだ——と言っても、指一本触《ふ》れずに相手を彫像化《ちょうぞうか》させたところだろう。

「ひょっとしてあたしを？」

可奈子の声はすでに溶けている。

「谷口製菓」

とせつらが言った。その声だけが耳の奥で妖《あや》しく切なく鳴り響き、可奈子はよろめいた。そこでようやく気づき、床の衣類を身につけた。

「そこの社長の息子を、君は拉致《らち》し、麻薬を吸わせて、廃人にした。父親は君の捜索を僕に依頼した」

「………」

「君の仲間に当たったら、アパートはわかった。入ってみると、彼の気配が残っていた」

せつらの眼はグレイスンを向いている。

「すぐ、君たちの周辺を調べた。彼のほうに現役の危ないのがいた。そっちに当たったら、大急ぎ一時間前に出て行ったという。行く先は話し手から聞いた」

「タケとは、どうしたの？」

「外で」

偶然、岳彦の帰りとぶつかったということだろう。岳彦は恍惚《こうこつ》と立っている。

せつらはグレイスンを見た。

「貰《もら》って行く」

「ちょっと——待ってよ。あたしに用があるんじゃないの？」

「後で」

「ちょっと——筋が違わない？」

無性《むしよう》に腹が立った。自分より、むくつけき外国人のほうを選ぶなんて。実のところ、おかしな発言の源《みなもと》は、この美しい若者と離れたくなかった——その思いであった。

「捕まえて行きなさいよ。これでも、廃人にした男は谷口のバカ息子ばかりじゃないのよ」

岳彦が眼を剝《む》いた。

「おまえ——そんなに」

「うるさい」

と罵《ののし》ったところで、可奈子は悲鳴を上げた。床上のグレイスンが、ふわりと浮き上がり、せつらと肩を並べて、ぎくしゃくと戸口の方へ歩き出したのだ。

せつらは部屋を出た。

可奈子は夢中で追った。

「ねえ、連れてって。連れてかなきゃ、死んでやる。あなたの仕事は失敗よ。二度と口がかかんないわよ」

遠ざかり行く背中へ、

「嘘《うそ》だと思ってるわね。畜生《ちくしよう》——見てな」

立ちっぱなしの若者に駆け寄り、腰のナイフを抜くや、首すじに当てた。本気で斬るつもりだった。

「よせ！」

と躍《おど》りかかった影は、岳彦であった。

「離せ」

「莫迦《ばか》野郎」

取っ組み合う二人を尻目に、せつらは倉庫を出た。揉《も》み合いで岳彦が刺殺され、「アカシック・レコード」のメンバー全員ともども焼却処分に遭《あ》ったと、岳彦に巻きつけた糸が伝えて来たのは、正午過ぎであった。

せつらは、グレイスンをタクシーで〈メフィスト病院〉へ運んだ。

「緊急搬入口」から入ると、白い院長は、移動式のオペレーション・ポッドともども待っていた。ストレッチャーで手術室まで搬送する時間も待てない患者のために考案された無人外科手術も可能な移動式ポッドである。

収容者の診断から手術まで行なうが、事前にインプットされた情報をチェックし、修正も行なう。ミニ・コンピュータにインプットされている億を超える執刀術は、すべてメフィストの手になるものだ。

「よく来た」

せつら以外には見せない神秘的な笑《え》みへ、

「よろしく」

茫洋《ぼうよう》と返して、グレイスンを下ろした。ふらふらとやって来た男を、ポッドは蓋《ふた》を開いて迎えた。

表面のスクリーンに浮かび上がる診断を読んで、メフィストは、

「麻酔薬で眠らされている他に、二カ所に打撲傷があるきりだ。入院には及ばない」

「僕がいいと言うまで頼む」

「何事だ？」

玲瓏《れいろう》たる美貌が、多少とも好奇の翳《かげ》を刷《は》くのは、新しい患者を診察するときと、せつらに関する場合だけだ。

「〈区長〉とアメリカ大使からの依頼を受けたが断わった。隠すには、ここが一番」

「真の依頼主のところへ連れて行きたまえ」

「もう死んだよ」

「知ってのとおり、空き病室はない。他の場所になるが」

「よろしく」

「承知した」

〈魔界医師〉に会釈《えしゃく》もせずに、せつらはエレベーターの方へ歩き出した。

一階の裏口から出て、妖糸をとばす。〈新・区役所通り〉への出口を確かめてから歩き出した。玄関ならまず間違いはないが、裏だと時々おかしな事態が発生する。他の地点へ出るのだ――最悪の例として、〈亀裂〉の内部との証言もあった。

すでに光が溢《あふ》れてはいるが、人影はまだ少ない。眼を凝《こ》らせば、ゾンビや眠り男《ツエザーレ》だ。街路掃除の男女が、器用にやり過ごしている。

「ちょっと」

通りの向こうから女の声がかかった。若い。ミスタードーナツの前に、白いコート姿が立っていた。せつらと同い歳《おなどし》だ。高価でもない革《かわ》コートが、ひどく高級に見える。セーブルやミンクを着ても高級娼婦に見えることはない、稀有《けう》な例であった。昔からそうだ。

片手を上げて、小さく応じ、せつらは足早に通りを渡った。

「また、ここ？」

と訊《き》いた。

「メニュー替わった？」

「いや」

「フレンチクルーラー、あるかしら？」

「アメリカにもあるだろ」

「あるけどさ。色々試したけれど、ここが一番よ」

「刷《す》り込み」

「かもね」

女はあどけないと言ってもいい笑顔を見せた。

「一緒にどう？」

「はいはい」

意外に混んでいた店内が、せつらが入るなり恍惚たる静寂に包まれた。

ショーケースの向こうの若い店員が、口をぱくぱくさせながら、

「——二階が——空いてる」

と言った。

フレンチクルーラーとブレンドの載ったトレイを手に、二階の窓際へ行った。そこへ腰を下ろすまでに、客は全員一階の同志となった。

「窓際でいいの？」

悪戯《いたずら》っぽく訊く女へ、

「狙撃はされない」

とせつらは答える。

「胸が痛むわ。昔から言ってくれるわね、秋せつらクン」

「どうしてここへ、秋山《あきやま》鈴香？」

「あの男《ひと》の血液には、ある種の放射性物質が投入してあるのよ」

「へえ」

「家を出る前の日に、コーヒーに混ぜてやったの。あの男は永久に私から逃げられないのよ」

せつらは眼だけで宙を仰《あお》ぎ、

「うえ」

と洩《も》らした。

「異議がありそうね。執念深いと思う？」

「うん」

「あの人との間には息子がいたのよ。それがテロリストに誘拐《ゆうかい》され、会社が作っている兵器をよこせと要求して来たの。あの男は拒否し、息子は殺された。まだ二歳半だったわ。テロリストは私たちに息子の死体の写真を送って来たわ」

何処《どこ》に眼をやったものかと、せつらは考えた。

「どっちも怨《うら》んだわ。あなたとテロリストが手を組んであの子を殺したんだって。あの男《ひと》は、溜息《ためいき》ひとつ洩らさず顔をそむけもせずに、ひとこと、運命だって言ったわ。あたし——悲しくないの、って訊いてみた。恐ろしく平凡な会話ね。答えなかった。他の答えよりましかどうかわからないわ。次の日、私は家を出たの。最初に行ったのは、ＶＩＰ用の対テロリスト・スクールよ。それから後のことは勘弁して」

鈴香は苦笑した。

「笑い方が変わらない」

とせつらは言った。

「そう?」

何度も見た。

「覚えてる」

「嬉《うれ》しいわ」

「なぜひと思いに射《う》たない? 〈妖術射撃〉なら簡単だ」

「苦しみは長びかせなくちゃね」

鈴香は笑った。さっきよりずっと明るい笑みであった。

「はじめて見た」

「何が?」

「いや」

せつらは薄いコーヒーを飲んだ。何年ぶりかと思った。ひょっとしたら、眼の前の女と最後に会って以来かもしれなかった。

苦い。いま見た笑顔のせいだろう。

「あら」

鈴香が怪訝《けげん》な表情になった。

「お砂糖入れないの?」

「あ」

「昔は三杯入れてたわ」

せつらの顔がさらに茫洋と煙《けぶ》ったようだ。

昔の話だった。何もかも。

「グレイスンをまだ狙《ねら》う?」

「勿論《もちろん》よ。苦しめて苦しめ抜いて、それから止《とど》めを刺してやる。〈妖術射撃〉からは絶対に逃げられないわ」

「やめたまえ」

「昔馴染《なじ》みに人殺しをさせたくない? 私は血まみれよ。何人も殺したわ。今更、どうってことないわ。血で血を洗うって言葉があったわよね」

「傭兵《ようへい》もテロリストも、BANG《ばん》」

「邪魔者は何とかよ。もっとも、奴《やつ》らが出て来たお蔭《かげ》で、あいつの怯《おび》える回数が増えたわ」

「隠し味」

鈴香はまた笑って、テーブル越しにせつらの手を握った。

「ね。手を引いて。契約破棄の理由なんか幾《いく》らでも」

「依頼主は死んだ」

「なら」

「破棄を申請する相手がいない」

鈴香は手を離して、眼を閉じた。死者を前にした葬儀の参列者のように。この参列者は、死者を愛していたに違いない。

「残念ね」

開いた眼に光るものがあった。

「狙撃手らしくない」

とせつらは返した。

「奢《おご》ってくれる？」

鈴香は立ち上がった。

せつらは右手を上げた。昔どおりに。

「ひとつだけ。グレイスンはアメリカにとって、なくてはならない男よ。傭兵やあなた用に、切り札中の切り札が出て来るわ。〝戦争屋〟って知ってる？」

せつらはうなずいた。

「それじゃ――気をつけて」

「どーも」

それまでにどんな葛藤《かっとう》があろうと、別れの形はいつも呆気《あっけ》ない。背を向けて去って行く。それだけだ。

階段を下り、店のドアを開けて消えていく足音を、せつらは目を閉じて聞いていた。溜息はそれから洩れた。それまで息を殺して見ていた数名の客たちの喘《あえ》ぎが、店内に広がった。

2

せつらは〈十二社〉の家へ戻った。

相変わらず、店には観光客が押しかけて、バイトの娘に、ご主人いないの？　隠れてるんじゃないの？　サービスに顔見せなさいよ、と要求を繰り返している。

気づかれないよう裏からオフィスへ入り、六畳間で横になった。「ミスタードーナツ」での出会いの名残《なごり》は、それだけであった。炬燵《こたつ》に足だけ突っ込むとすぐに寝息が流れはじめた。おお、この美しい若者ならでは。

二分としないうちに、それは途切れた。

訪問者が現われたのである。

四〇年配のスーツ姿の男であった。出した名刺には、外資コンサルタント。高宮伸二《しんじ》とあった。

炬燵を勧《すす》めると、

「これはいい」

と躊躇《ちゅうちょ》せず両足を入れた。

「炬燵なんて、日本をとび出してから二十何年ぶりだ。いや、感激だな」

遠慮なく四方を見廻《まわ》し、

「色々な探偵事務所へ出向いたが、和室というのははじめてだ。しかも、六畳ひと間とは——いや、失礼、けなしているのではないよ。感心しているのだ」

「ご用件は？」

「勿論、人捜《さが》しと言いたいところだが、一度ビルの屋上でお目にかかっている。この件から、手を引いてもらいたい」

「鈴香から連絡は？」

「あれの胸には、まだあなたの面影《おもかげ》が揺れている。燃えていると言ってもいい。まあ、私でさえめまいがするハンサムだ。わかりすぎるほどわかる。だからこそ君がいては、彼女の決意が揺れる。私の見たところ、今でも強風にあおられた脆《もろ》い木の葉のようだ。これでは目的が果たせない」

「はあ」

「私は何としても鈴香の復讐《ふくしゅう》を遂《と》げさせてやりたいのだ。それゆえに邪魔は許されん。たとえ、昔馴染みで、今なお心を寄せている男でも、な」

「僕を殺すと嫌われる」

のんびりした物言いに、高宮は噴《ふ》き出してしまった。

「何とも人を食ったハンサムだな。鈴香が惚《ほ》れるわけだ。だが、それ故《ゆえ》に最終目的に齟齬《そご》が生じては困るのだ。ここは手を引いてもらいたい」

「答えは鈴香から」

「駄目かね――やむを得んな」

「はあ」

北向きの壁に拳《こぶし》大の穴が開いた。射入孔《しゃにゅうこう》と知れたのは、せつらの眉間《みけん》に小穴が生じ、後頭部から脳漿《しょう》が噴出してからだ。

仰向《あおむ》けに倒れた世にも美しい若者を、立ち上がった高宮は冷酷な表情で見下ろした。

「鈴香に〈妖術射撃〉を教えたのは私だ。自分で射たずとも、時限自動射撃で目標は射ち倒す。いくらドクター・メフィストといえど、死人を生き返らせるのは不可能と聞いている。悪く思うな。鈴香の目的達成は私の悲願なのだ」

高宮は静かに三和土《たたき》へ下り、家を出た。

秋せつらは死んだ。疑いようのない事実だった。

〈メフィスト病院〉の受付嬢は、昼近くに押しかけた男たちに困惑していた。

「ここにグレイスンさんがいるのはわかっているんだ。五人の情報屋が口を揃《そろ》えたんでな。さ、会わせてくれ。おれたちは、あの人の護衛だ。敵から守ってやらなければならん。『アルマゲドン』の〝大佐〟が来たと伝えてくれ」

「そういう方はおりません」

受付嬢はにべもない。

「よっしゃ」

〝大佐〟は不気味な笑顔を見せて背を向けた。

すぐふり返って、

「また来るぜ《アイル・ビー・バック》」

〝大佐〟は地下駐車場へ下りた。

「どうだった？」

と、車外にいたヤム・バキラが訊いた。

「話にならん。こうなったら、腕ずくだ」

「ドクター・メフィストを敵に廻すのか⁉」

そのままバキラの口は開きっぱなしになった。

「そこまでおれはアホじゃない」

〝大佐〟は言うなり、バキラの右腿《みぎもも》を指さした。

音もなく、小さな射入孔が開き、後方へ抜けた。

「痛《つ》う⁉」

とのけぞるバキラを素早く支える。

「な、なにしやがるんだ？」

ふり向けたM4A1を押しのけて、

「これでおまえは入院患者だ。〈メフィスト病院〉は怪我人病人を一切拒《いっさいこば》まない。グレイスンと話をつけて来い」

「あ、足はどうなるんだ？　ライフル弾が貫通したんだぞ。骨もやられた。もう歩けねえ」

「ここは〈メフィスト病院〉だぞ。そんなもの、蚊《か》に食われたのと同じだ。薬を塗れば済む」

「勝手なことを抜かすな。おれの足だぞ。いくらいい義足が出来ても、本物は戻っちゃこねえんだ」

「この仕事に就《つ》いたときから、頭が吹っとぶのは覚悟の上だろ」

「それとこれとは違う！」

吠《ほ》えかかる部下を、〝大佐〟は無視した。

「監視カメラはあちこちに仕掛けてある。置いてくぞ——ギル」

駐車場の右に並んだ車列からしなやかな影が、レミントン・ライフル片手に現われた。銃身には、音もなくバキラの足を射ち抜いたサイレンサーがついている。

「悪く思わないでね、バキラ」

「他にどう思えってんだ。いつかお返しはするぞ」

「お大事に」

　非情にも、ギルが乗り込むや装甲車は走り出した。その場に残されたバキラは、精一杯の抵抗、大の字になって、

「助けてくれえ、出血多量で死んじまう」

と喚《わめ》いた。喚き終わる前に、ストレッチャーと看護師が駆けつけた。


　ドクター・メフィストの下《もと》へ、〈区長〉とベイシャーズ・アメリカ大使が到着したのは、ほぼ同時刻であった。

「グレイスンの秘書の祖母から、目下、ケネス・グレイスンが入院中と聞いた。引き渡してもらいたい」

「入院中でしてな」

　白い院長は冷え冷えと言い返し、一人を恍惚とさせた。〈区長〉——梶原は天を仰いだ。これは手の打ちようがない。自らの入院患者を、彼が定めた退院期日までにどうこうしようとする人間は、ことごとく死の壁に触れることになるだろう。

「しかし、彼の存在は国家の存亡に関わる大事なのです、ドクター」

　大使が半ばうっとりと身を乗り出した。

「すでに何組ものテロリストが〈ゲート〉を越えています。目的はひとつだ。グレイスンが彼らの手に落ちれば、アメリカの軍需産業は一日で狂いを生じ、三日で崩壊しかねません。影響はさらに三軍にまで及ぶでしょう。それだけは防がねばなりません。ミスター・グレイスンを我々にお返しください」

「入院中です」

「しかし、我々がここを突き止めたように、テロリストたちも遠からずやって来ます。彼らは病院も患

者たちも容赦《ようしゃ》はしない。おびただしい血が流される
ことになりますぞ」

彼は、ひっ⁉　と洩らした。

白い院長の口元に笑いが浮かんだのだ。

ドクターではないメフィストの笑みが。

彼は梶原へ言った。

「よくもこんな世間知らずが一国の大使を拝命した
ものだ」

「な、何を⁉」

大使の胸に怒りの塊《かたまり》が生じ、たちまち消え失《う》せ
た。

「――いや、ドクター、これは――」

梶原は弁解し、それから頭を下げた。

「――申し訳《わけ》ない」

「お帰り願おう」

「わ、わかった――しかし、ドクター、ひとつ教え
てくれ。退院はいつだね？」

「未定」

やむを得んな、と梶原は思った。どうやら不興《ふきょう》
を買ってしまったらしい。これ以上ここにいても、
悪魔《メフィスト》の怒りを募《つの》らせるばかりだ。
「さ、大使――参りましょう」
と、のばした手をふり払い、
「いかな医術に長《た》けていようと、アメリカは世界一
の軍事大国だということを忘れるな。このちっぽけ
な、少々風変わりなだけの街に、最高の兵士と武器
を投入してもグレイスンは救い出す」
「救うのは私の仕事だ」
メフィストは厳《おごそ》かに応じた。
「そして、この街の隣に並べたら、アメリカは一〇
分でそこにいる〈区長〉殿の支配下に下るだろう。
では、これで」
白い医師は去った。
その姿が消え去ったドアを見つめているうちに、
大使の携帯が震えた。
耳に当て、一〇秒としないうちに、今度は全身が

震えはじめた。

「どうかしましたか？」

死刑宣告を聞いた囚人《しゆうじん》を目《ま》のあたりにして、〈区長〉は彼の言葉を待つしかなくなった。

幸いすぐ、

「今〈ゲート〉を渡った大使館員から連絡があった。軍の専用機で、〝戦争屋〟が、横田《よこた》に到着した」

そして、大使は顔を覆《おお》った。

「間違いかもしれん」

手指の間から悲痛を超えた悲惨ともいうべき呻《うめ》きが洩れた。かける言葉もなく、梶原は震え続ける男を見つめた。それしかできなかった。

依頼人が怯える存在――〝戦争屋〟とは何者だ？

〈大久保〉三丁目のマンションの一室へ戻って来た高宮を、鈴香の冷たい眼差《まなざ》しが迎えた。

「――何をして来たの？」

「どういう意味だ？」

「私が留守にしている間は、ずっとひとりでSNSをいじっている男が、何処をほっつき歩いていたの？　突撃銃《アサルト・ライフル》と一緒に」

「余計な仕事さ」

高宮は肩をすくめた。

「秋せつらを――射ったの？」

「ああ。仕留めたよ。彼は邪魔者だ」

「彼は私の幼馴染みよ」

「だからこそ、今のうちに始末しておくべきだ。彼がいる限り、君の殺意は鈍《にぶ》り続けるだろう」

「標的は彼じゃないわ」

「彼はグレイスンの守り神だ。君の弾丸は射つたびに的《まと》を外す」

「私をわかっているつもり？」

「長いつき合いだ」

「なら、私がどうするかもわかるわね？」

「よしたまえ。君には私を殺せない。私はパートナーだが、君の師匠でもある」

「よく承知しているわ」

鈴香のトランペット・ケースは寝室に寝かせてあった。しかも、中身のモーゼルは分解したままだ。

鈴香の眼に涙が滲《にじ》んでいた。

「よせ！」

高宮の制止の途中で、鈴香はモーゼルを肩付けした。

「やっと、物体引き寄せ《アポーツ》を身につけたか。だが、それでも私には勝てない」

アポーツ——物体引き寄せとは、人体移動——テレポートの物体版と言えよう。当人は移動しないまま、遠方の物体を引き寄せる能力だ。通常は、そのまま移動するが、鈴香のアポーツは途中で組み立ても可能なのであった。

ぴしっという音とともに、モーゼルＫａｒ98は弾《はじ》きとばされていた。

固く摑《つか》んでいたのをもぎ離されたせいで、指を押さえる鈴香へ、

「木部を射っておいたから、修理の必要はあるまい」

高宮は何処か悲しげに告げた。

窓ガラスに小さな弾痕が残っている。射撃は外から、室内の高宮の手で行なわれたのだ。

「こうやって、秋せつらを殺したのね」

鈴香は憎しみに満ちた視線でパートナーを貫《つらぬ》いた。

「残念なことだよ。私はチャンスを与えたのだ」

「この仕事が終わったら、必ず殺してやる。もうライフルなんか射たなくてもいいわ」

「承知した。悲しいことだが」

鈴香は寝室へ入った。

ベッドの上でトランペット・ケースを開いた。

分解したＫａｒ98は何事もなかったように納まっている。

「秋くん」

かすかなつぶやきは、長い長いすすり泣きを伴《ともな》

っていた。

3

鼓膜《こまく》が叩《たた》かれた。その音が涙を引っ込め、まず驚きを、それから敵意――最後は怒りをもたらした。

「高宮！」

鋭く叫ぶ前に、彼がとび込んで来た。

「パトカーよ。尾《つ》けられたわね」

「そんなはずはない。何度もチェックして来たんだ」

「あのサイレンの音が聴《き》きたかったんじゃないの」

鈴香はケースを開いた。

「早く〝モスキート〟をとばして」

「わかってるって」

高宮は窓を開け、ポケットから何かを摑《つか》み出して手の平を広げた。

これこそ〝モスキート〟――蚊ほどの影が音もなく舞い上がり、窓の方へと向かった。

「確か、この階は私たちだけだったわよね。容赦なく来るわよ」

「向かいのマンションから狙われると危《やば》いな」

途端に、高宮が首すじを押さえた。

「どうしたの？」

着弾したものを引き抜いて、

「麻酔弾だ。いかんな、解毒《げどく》剤も効《き》かなそうだぞ」

「大丈夫――すぐお返しできるわ。寝たけりゃ寝ちゃいなさい。後で〈歌舞伎町〉で売ってた麻薬を打ってあげるわ」

「キツ……そうだな」

こう言って、高宮は崩れ落ちた。

鈴香が射ち返さないのには理由があった。〈妖術射撃〉は、相手がどこにいても命中させられるが、顔を知らない相手は無理なのである。急襲した警官たちは、ひとりずつ尋常《じんじょう》に狙う他はない。

「ガス弾を射ち込まれるまでに、何とかしてよ、

〝みどりちゃん〟」

伏せた眼前の床に、光る針が突き刺さった。

次は危ない。

鈴香はＫａｒ98の銃把《グリップ》もつけず、引金《トリガー》を引いた。

向かいのマンションの屋上で、眉間を射ち抜かれた狙撃手がのけぞる。二人目——三人目。最後の四人目が倒れたとき、ドアが爆発した。

鈴香はＫａｒ98を捨てて、左腰のホルスターからグロックＭ28を抜いた。

続けざまに引金を引く。狙いなど定めぬ盲射ち《ブラインド・ショット》であった。

突入して来た五人はことごとく射殺された。全員眉間から頭部を貫通していた。

「高宮——行くわよ」

倒れた鼻先の床へグロックを叩き込む。

高宮は眼を開いた。

効かないと言った血中解毒剤も強力らしい。

頭をふり、後頭部を叩いて、よし、と言った。

「屋上の狙撃手は片づけたわ。あとそこの五人」

「廊下は？」

「なし」

「よし——行くぞ」

二人は廊下へ出た。

二人は階段を駆け上がった。エレベーターは、下からロケット弾を射ち込まれたらおしまいだ。

七階建ての屋上へとび出しても、二人の息は切れていなかった。

鈴香は上衣《うわぎ》を脱いで、高宮はネクタイとＹシャツまで取ってズボンも下ろす。

昇降口から足音が鳴った。

「来た来た」

二人は手すりに走り寄った。どちらも銀色のシャツとタイツ姿であった。

それが見る見る膨張《ぼうちょう》した。

アドバルーンにしか見えない。

ふわりとその身が浮いた。

同時に手すりを越えたとき、〈機動警官《コマンド・ポリス》〉が屋上に広がった。

空中へ自動小銃を射ちまくって、すぐ手すりに駆け寄った彼らの見たものは、さして強いともいえないビル風に乗って、しかし、どう見ても時速一〇〇キロ超――〈魔界都市〉のビル街の中に吸い込まれていく、飛行服《フライト・ジャケット》姿の二つの影であった。

戻って来たドルフVへ、

「どうした?」

「〈救命車〉が来て、何かを運んで行ったそうです」

「何かってことはあるまい。人間に決まってる。誰だ?」

「それが、目撃したお客の話では、死体ケースに包まれて顔は見えなかったと」

“大佐”は、ふむと眼を閉じた。

「犯罪ならパトカーも来るし、規制線《キープ・アウト・テープ》が張られるはずだ。すると病人か。秋はどうした?」

「顔も出さなかった、と」

「店のアルバイトの様子は?」

「それが――まったく普通です。あわてたふうもありません」

「すると、秋ではないのか。だが、それだと、姿を現わさなかったというのが解《げ》せんな。何よりも――バイトはなぜそんなに落ち着いていられるんだ?」

「――それは」

「――秋の死体じゃない」

「はい」

「発見者は誰だ?」

「バイトだそうです。主人を出せというお客の圧力があんまり凄《すご》いもので、奥へ行ったら悲鳴が聞こえて。ですが、五、六分ほどで戻って来たそうです」

「病院へ連絡したか。奥から戻って来たときは?」

「ひどく驚いた後のような感じでしたが、店主はまた出かけましたと言って、以後は普通に応対したそうです」

「訓練されているようだな」

「はっ」

「殺害されたのが秋かどうか――ドローンを使おう」

数分後、人工の赤トンボが〈秋せんべい店〉の周囲を巡《めぐ》りはじめた。

「アルマゲドン」が、せつらの下へやって来たのは、テロリストの接触を予想してのことである。

彼らを尾行し、一気に殲滅《せんめつ》する。だが、狙いは大幅に狂った。

「窓ガラスを通してですが、秋の姿はありません」

「死体はやはり彼か？　すると、いくらこんな事態を予測していても、バイトの娘がそれほど落ち着いていた理由がわからなくなるが」

通信機が鳴った。

耳に当てるとすぐ、

「その答えだけれど」

ギルである。姿なき女狙撃者は、〝大佐〟たちの知らぬ何処かで、彼らを凝視《ぎょうし》しているらしかった。

「聞いてたのか？　どうやって？」

さすがに驚いた〝大佐〟へ、

「――死んだのは、秋で秋ではなかったのよ」

「何だ、そりゃ？」

「それしかないでしょう？」

「ふむ――まあな」

「世間的に秋せつらは死んだわ。すぐにその知らせが〈新宿〉中に流れるでしょう。残った秋が本物かどうかは知らないけれど、随分《ずいぶん》と自由に動き廻れることになるわ」

ドルフVが割って入った。

「こっちにしてみれば、グレイスンは押さえてあるんだ。おれたちは敵の殲滅に集中すればいい」

「その間に、アメリカ政府がやって来たらどうするの？　ほいご苦労でおしまいよ」

「そのとおりだ」

〝大佐〟が眼を光らせた。

「我々は一刻も早くグレイスンを〈メフィスト病院〉から連れ出して、『グレイスン・アームズ』へ届けなくてはならん。契約を交わしているのだから、な」

「バキラは頑張ってますかね？」

「グレイスンと会えさえすれば大丈夫だ。〝人たらし〟のバキラの名は伊達《だて》ではない」

「そこは信じるわ」

ギルの声が薄く笑った。


バキラは手をこまねいていた。どうしてもグレイスンに会えないのである。スタッフに訊いても、個人情報は洩らせないと厳しい。グレイスン自身が外へ出て来ない——どころか、何号室にいるのかもわからないのだ。

彼は院内のレクリエーション・スペースへ入った。

こんな広大な土地が都市にあるとは思えない山河が眼下を埋めている。

青い山と緑の森の間を川が悠々《ゆうゆう》と流れ、湖に吸い込まれていく。

見下ろすバキラは一羽の鳥と化していた。

すべてはイメージだ。

レクリエーション・スペースへ入る際に与えられた一種の幻覚剤によって、患者や付き添いたちは、自由気ままなイメージの世界に身を委《ゆだ》ねる。

バキラは思いきり空気を吸い込み、一気に吐き出しつつ降下に移った。

舞い下りたのは、湖の岸辺で車椅子《くるまいす》の患者に付き添う女看護師の前であった。

舞い下りた鳥が忽然《こつぜん》と人間に変わっても、彼女は驚かなかった。そういう世界なのだ。

「新しい患者さんね、どうかして？」

「助けてくれた礼を言おうと思ってね。ここへ入るのを見かけたものだから」

バキラの日本語は流暢《りゅうちょう》なものだ。

地下の駐車場で片足を射ち抜かれた彼をストレッチャーに乗せて、手術室まで運んだのは彼女であった。

名は安西遼子《あんざいりようこ》という。

「気にしないでください。でも、もう治ったのね。よかったわ」

「骨まで砕けてたのが、たった一分の手術で元通りだ。まったく大した病院だぜ。きっと院長先生の教育がいいからだな」

「それはもう。ドクター・メフィストですのよ」

「当然、その下で働くスタッフも、凄腕になるってわけだ」

バキラは、じっと遼子を見つめた。このときの表情が最大のポイントだ。

「そんな」

遼子は眼を逸《そ》らした。頬がうす紅《べに》に染まっている。

「しかし、スタッフも最高だが、設備も凄い。こんな病院、世界にないぜ」

「それは――はい」

自負を漲《みなぎ》らせてうなずく娘へ、

「入院患者が何人いるか知らないが、スタッフは全員、その名前を記憶してんだって？」

「はい――私もよ」

「一日に何人くらい入って来るんだい？」

「日によって違うわ。少ないときは五〇人――多いときは一〇〇〇人」

「みんな収容できるの？」

「何とか――正直言うと、ベッドが幾つあるのか、私にもわからないんです。いえ、わかる人がいるかどうか」

「おいおい」

バキラは言ったが、遼子は笑わなかった。異様な緊張が身体《からだ》をこわばらせていた。

「悪《ワリ》ィ悪《ワリ》ィ」

バキラが笑顔ひとつでそれを解いた。

「〈病院〉のことを根掘り葉掘り訊くつもりなんかないんだ。ただ、〈区外〉からもかなりの大物が密《ひそ》かに入院してると聞いた覚えがある。最近そんな奴が、来たのかい？」

眼は遼子を捉《とら》えて放さない。彼女はうなずいた。

「ひとり、いましたわ」

「へえ」

「あなた、あの人のガードマンですか？」

「いいや、生命《いのち》を狙っているほうだよ。どうしてガードマンだと思った？」

「眼が優しいから。テロリストの人たちも何百人ってお世話したけど、みんな怖い眼をしてた」

「そうか。なら、おれは善人だよ。あんたの言うとおりだ。人を見る眼があるねえ」

「やだわ。そんな」

「君ねえ、わしはいいから、彼と話しておいで」

車椅子の患者が、弄《いら》うように声をかけて来た。

「いえ、あの――」

「これはありがとう」

バキラは大声で礼を言って、さっさと遼子の手を取って歩き出した。

「困るわ、そんな」

「彼がいいって言ったんだ。遠慮することはねえさ」

「でも――」

「あれかい？　やっぱり入院患者というと、重傷者が多いんだろ？　おれみたいな」

「あの程度、かすり傷です」

「えっ⁉」

眼を丸くするバキラへ、遼子は噴き出してみせた。

「ひょっとして、大した傷でもないのに入院してる奴も多いんじゃないのか？　ほら、色恋沙汰《ざた》のゴシップで、都合が悪くなると身体のどっかも悪くなる奴がいるじゃねえの」

「〈区外〉と一括《ひとくく》りにしないでください。ここは

〈新宿〉ですよ」

「そうかい。じゃ、最近入ったＶＩＰも、大した病気じゃないんだ」

「はい――あっ⁉」

と口を押さえたが、バキラは気にする素ぶりも見せず、

「なのに、なぜ、ＶＩＰ用の病棟にいるんだ？」

「うちに、ＶＩＰ用も普通の人用もありません。誤解しないでください」

「でも、四階にいるんだろ。おれはＶＩＰ用の病室だと聞いたぜ」

遼子は肩を落として、はあと溜息を吐《つ》いた。

「五階は特殊な事情のある方専用なんです」

「そりゃ知らなかった。いや、これから病院の探検に行こうと思ってたのさ。なあ、付き合ってくれないか？」

はっと見開いた眼の中に、屈託《くったく》のない笑顔が広がった。

第六章　戦人《せんじん》たち

1

遼子には後で連絡すると告げて、バキラは五階へ上がった。

白い廊下のすべてを監視カメラの眼が追っているのは間違いなかった。

――ここは勘《かん》だぞ、バキラ
いつも聞いている声がささやいた。

「わかってるって。任《まか》しとき」

小さく答えて、彼は軽く眼を閉じ、ドアの間を進んだ。

真っすぐ歩いている。

「うお」

右肩がぶつかった。

ドアの前だった。表面に「18」のライトが点《とも》っている。

ドア表面のマイクに名乗ろうと、息を整えた瞬間、

「どーも」

愕然《がくぜん》とふり返った眼は、たちまち彼を腑抜《ふぬ》けにした。

「あ……ああ……あんた……」

足を射《う》たれたアラブ人が来た、との連絡を受けたのだろう。

ぽかんと口を開けたバキラも、まだ彼がここにいるはずのない事情を知らない。

秋せつらであった。

せつらはマイクに名乗った。

ロックの解除音がした。

広いが平凡な病室の奥のソファに、パジャマ姿のグレイスンが腰を下ろしていた。

せつらを眼にした途端、険《けわ》しい表情が崩れたのは言うまでもない。

かろうじて、バキラを見て、

「――そちらは、確か？」

と訊《き》いた。

「『アルマゲドン』のバキラです。あんたを護《まも》りに来ました」

「それはよく来てくれた。だが、私は――」

ちら、とせつらのほうを見て、またヘナヘナしながら、

「一刻も早く、ここを出たいだけだ。本社にも日本支社にも、わしの復帰を妨《さまた》げんと画策《かくさく》している奴《やつ》らが腐るほどいるのだ」

「すぐに連れ出します」

バキラは自信たっぷりにうなずき、せつらを見ないようにしながら、

「おいあんた、院長と親しい仲なんだろ。すぐに退院手続きを取ってくれや」

「それがなかなか」

「何が、なかなかだ⁉」

バキラは喚《わめ》いたが、声も精神もとろけているから、まったく迫力がない。


「ボディガードの依頼は、〈新宿〉での挨拶《あいさつ》までにに見つけてくれというものだった。あと一日たったら、何処《どこ》へでも連れて行きたまえ」

「それまでは保《も》つまい」

これには、バキラが眼を鋭くした。

「どういうこってす？」

「私は常に弾丸に狙《ねら》われているのだ」

「ですから、おれたちが」

「その弾丸は、私が何処にいようとも、壁を貫《つらぬ》き、廊下を渡り、扉を貫通して私の生命《いのち》を奪うだろう。狙われた以上、逃れる術《すべ》はない」

「――〈妖術射撃〉ですか？」

バキラの声は低い。

「ただの女が、どうやってあんなものを身につけたのか。それこそ、骨も削る苦しみの果てだろうが」

グレイスンの声に疲れが滲《にじ》んだ。それは全身に広がり、彼をソファの背にもたれさせた。

「殺された思いと、殺した者への思い」

せつらが、ぽつりと言った。

「我が子への愛と、見殺しにした私への憎しみか。やはり、それか」

グレイスンの眼は虚空《こくう》の一点を見据《みす》えていた。

「——だが、あれは知らん。知ろうともせんだろう。私の思いをな。あれは——ピーターは初めて授《さず》かった子供だった。私はアラスカの軍事基地にいて、出産にも立ち会えなかったが、母子ともに無事であることを、常に祈りつづけていたよ」

「そう伝えた?」

「いや」

「ひょっとして、お子さんの葬儀にも?」

「出なかった——忙しくてね」

「…………」

「理は向こうに」

とせつら。

「そのとおりだ」

グレイスンはうなずいた。

「言葉でいくら弁明しても無駄だ。妻にとって、子供を殺したのはテロリストではない。この私だ。それは間違っていない」

せつらを見ずに、

「そっちの傭兵《ようへい》くんが私を守ろうとするのはわかる。ビジネスだ。だが、君はどうして——?」

「ボディガード」

「——ダンディか? 彼はどうした?」

「死亡」

グレイスンは、少し黙り、それから、ふむと言った。

「君に依頼したのか?」

「はあ」

「だが、君は人捜《さが》しが仕事と聞いている。私を見つけた時点で、日本支社へ連絡すれば仕事は完了のはずだ。なぜ、ここへ入れた?」

「死にたくなければ、出入口も窓もない要塞の中に、死ぬまで尽きない量の食料と酸素ボンベとともに閉じこもるしかありません。それをしなくても済む世界で唯一の場所が、ここです」

「ふむ。だが、元女房が生きている限り、私はここを出られない」

「それしかありません」

「どうします?」

バキラが割って入った。

「何でしたら、おれたちが――」

「殺すのか?」

「いえ、説得します」

「子供の怨《うら》みと母親だ。そんなもの効《き》くはずがない」

「うちにも説得のプロがいます。そいつがいなかったら、世界中のＶＩＰが各国でひとりずつくらい死んでます」

「――私はここを出る」

バキラが眼を剝《む》いた。せつらは無言であった。

「いや、待ってくれ。考え直そうや。それじゃあ、犬死にだ。彼があんたをここへ入れた意味もなくなっちまう。一歩出た途端にバン――一巻の終わりじゃ意味がねえ」

せつらが、ぽつりと訊いた。

「死にたい?」

「かもしれんな」

と即答してから、

「だが、そうもいかないだろう。これでも全世界に一〇〇万を超す従業員を持つ身でな。鈴香は私を狙えても、いつ何処へ行くかまではわからない。密《ひそ》かに連れ出してもらいたい」

「お、おお、任せとけ」

「装甲車で、こっそり連れ出すつもり?」

「う、うるせえ。とにかく、ここはおれたちに任せてください」

「いいだろう」

グレイスンはうなずいた。

「おお!」

眼をかがやかすバキラへ、

「だが、その時点で、君たちは〈妖術射撃〉と対決しなくてはならん。向こうは、君たちの見えないところから、必殺の弾丸を射ち込んで来る。この病院へ辿《たど》り着く前に、全員射殺だ」

「大丈夫だ。任してくれ」

バキラは胸を叩《たた》いた。

「ところで、私の身を案じている者は他にもいるのだろうね?」

「アメリカ政府が――多分」

「だとすれば、ここへ派遣されるのは〝戦争屋〟だ。これは厄介《やっかい》だぞ」

「あれ、本当にいるのかい?」

バキラの声は不安の塊《かたまり》になった。

グレイスンに向けた視線は、せつらに変わった。

「昔ひとり」

「やっぱり――いるんだ」

バキラは顔をひと撫《な》でして、

「急ぎ、仲間と連絡を取らねえとな。失礼します」

と出て行った。

せつらも向けた背中へ、

「君――妻に会ったのかね?」

「外で」

「君の持つ印象とは違っていたか?」

「いえ」

「そうか」

グレイスンはぐったりと椅子《いす》の背にもたれた。

「私はあれを、日本の鬼女《きじょ》に変えてしまった――しかし、そうではないと言う者もいたか」

「うちに来たら、番茶を淹《い》れて、せんべいを出します。奥さんは、厚焼きが好きでした」

グレイスンの唇が微笑を作った。

奇妙――というより奇蹟《きせき》に近いが、せつらも笑い返したのである。

「君はまだ、昔の恋人とテーブルを囲むことができる。羨《うらや》ましい限りだ」

「ははは」

　と返して、せつらは病室を出た。

　受付で待っていると、一〇分もかからず、バキラがやって来た。

「何してやがる？」

　ぶっきらぼうな声には、親近感が含まれていた。

「一緒に行く」

「何処へだ？」

「アジトへ」

　勿論《もちろん》、「アルマゲドン」たちの巣であろう。

「阿呆《あほ》か、おまえは？　連れてくと思うのか？」

「ついて行く」

「なにィ？　何の用だ？」

「グレイスンから手を引け」

「莫迦《ばか》野郎」

　罵《ののし》るついでに、せつらを見てしまった。彼は小《こ》首《くび》を傾《かし》げた。よろしくねとでもいうふうに。それで、ベテランの傭兵は自分を失った。彼は通信機を取り出し、〈メフィスト病院〉の名を告げた。

　三〇分後、せつらは〈四谷〉周辺を疾走《しっそう》中の装甲車の中で、特別濃いサングラスをつけた〝大佐〟と対峙《たいじ》していた。

　無論、手を引けという提案を〝大佐〟は一蹴《いっしゅう》した。

「誰が出て来ようと乗りかかった船だ。今さら知らん顔はできん。グレイスン氏はおれたちが引き渡す」

「相手は連絡不能」

「アメリカ最大のコングロマリットのトップだぞ。とっくに政府か企業の人間が入ってるわい」

「〝戦争屋〟もいる」

「何か出て来るたびにブルってちゃ、この仕事は務まらん。それより、そっちが手を引いたらどうだ？　何なら、うちのギルに、三日間眠りつづける麻酔薬を射ち込ませてもいいが」

「いい休暇が取れそうだけどね」

せつらは何処かしみじみと言った。それから、

「あなた方のカードは悪すぎる。〈妖術射撃〉は、今この瞬間に狙い射ちも可能だ。徹甲弾《てっこうだん》を使えば、装甲車でも厚紙と等しい。加えて、〝戦争屋〟と来た。手を引いたほうが」

「おれたちよりも、そっちはどうなんだね？　妖術云々《うんぬん》のほうは何とかなっても、〝戦争屋〟は遠慮してくれねえぞ。あいつは化物だ。〈区外〉だろうが〈新宿〉だろうが、容赦《ようしゃ》なく暴れまくる。ここだけの話、戦争と名のつく事変での非戦闘員の死者は、うち三〇パーセントが、奴らの巻き添えと言われてるんだ。この街も無事じゃ済まねえ。おそらくアメリカは、〈新宿〉を壊滅状態に陥《おとしい》れ、その後で勢力を布置していくつもりだぞ。ここも〈区外〉みてえに、アメリカの領土にしたいのさ」

「正解」

とせつらは、臆面《おくめん》もなく応じた。

「だけど、アメリカもあなたたちも〝戦争屋〟も忘れている。この街の名前をね」

「──〈新宿〉じゃねえのか？」

怪訝《けげん》な戦いのプロに、別のプロが言った。

「もうひとつ──〈魔界都市〉」

「そうだったわね」

運転席の方から、別の声が上がった。うっとりとした響きであった。ギルである。

「ここへ入ってから比較的平和だったので忘れていたわ。〝大佐〟、私たちのいるところは、人間《ひと》の棲《す》む場所じゃないのよ」

「何処だろうと、死と破壊は平等に降って来る。おれたちのやり方に変わりはない」

「こんな、他人《ひと》の魂《たましい》までとろかすような綺麗《きれい》な男を前にして、よく言ってのけるわね。この街は私たちの手に負える場所じゃないのかもしれないわよ」

「怖気《おじけ》づいたのなら抜けろ。これまでのギャラはす

ぐ清算してやる」

「こんないい気分に現実を持ち込まないで」

女狙撃手の眼に妖《あや》しい光が燃えていた。その中心にせつらがいた。

「私たちの戦いとは別に、この街は動きはじめる。頭上をとび廻《まわ》る蠅《はえ》を追い払うみたいにね。ひょっとしたら、私たちも〝戦争屋〟もアメリカも『グレイスン・アームズ』も――」

誰もが――せつら以外――美女の次の言葉を待っているようだった。

不意に急ブレーキの音と衝撃が、その期待を永遠に失わせた。

「どうした⁉」

何とか姿勢を保ちながら、〝大佐〟が運転席のドルフＶへ喚いた。

「噂《うわさ》をすれば何とやら」

防弾仕様のフロント・ガラスの向こうに立つ人影を睨《にら》みつけながら、バキラがＭ４Ａ１に頰《ほお》ずりした。

2

茶髪を七三《しちさん》に分け、その下のいかつい顔立ちも、ベルトを締めたトレンチとスーツにネクタイ姿も、堅実な会社員としか思えない。

それを眼が裏切っていた。

網膜《もうまく》に映る像へ、凍るような感情を注ぎつづける瞳――殺意だ。

男の右手にぶら下がったアタッシェケースが持ち上がった。

上部が丸く光っている。

「レーザーだ！　突っ込め！」

六〇〇〇度の光学兵器に対して、〝大佐〟は前進を命じた。

「イエッサー」

ドルフＶの返事は歓喜と興奮に満ちていた。車はそれに乗って走った。

ドルフⅤの眉間《みけん》に真紅《しんく》の光点が点った。同時に鈍《にぶ》い衝撃とともに、男の身体《からだ》は後方へ吹っとんだ。

「ガラスも装甲も、液体装甲《リキッド・アーマー》を吹きつけてあるんでな。引きつぶせ」

一〇メートルほど向こうに横たわる男に、四〇トンの鉄塊《てっかい》がのしかかった。手応《ごた》えが下方から伝わった。

突然、車体が跳《は》ね上がった。

底部を大空に向けてひっくり返る。

天井、底部、両側面に組み込まれた安定装置《スタビライザー》がせり出し、車体を正常に戻そうとする。

「無事か⁉」

〝大佐〟の声に、一同が応じた。

車体が左へ回転し、常態を取り戻した。

「野郎——ポケット・ランチャーを⁉」

ドルフⅤの叫びは、何事もなかったように立ち上がった男の右手に、拳銃タイプのメカと先端についたミサイルを確認したためだ。

「徹甲タイプだ。ヤバ！」

「前方防弾板を上げろ！」

フロント・ガラスの前に厚さ二センチのデュープ鋼の板がせり出しはじめたとき、ミサイルはその数センチ前方に到達していた。

まさか、いきなり方角を変えようとは。見えない糸に撥《は》ね返されたそれは、発射炎をネズミ花火のように散らしつつ、男の方へ帰還した。

そして、確かに男の胴体の中心に命中したのである。男の全身は炎に包まれたのである。

「やった！」

ドルフⅤとバキラが声を合わせた。

残る二つの顔が、別のものを見つめていた。

何事もなかったように座席《シート》にかけた世にも美しい若者を。

「君の仕業《しわざ》か？」

これは〝大佐〟である。

「信じられないわ」

こちらはギルだ。どちらの声も、神の降臨を目撃した信者のように呆然《ぼうぜん》としていた。レーザーもポケット・ミサイルも、一〇〇回も経験済みだ。しかし、いま眼前に展開した数秒の戦いは、プロの彼らもはじめて見る代物《しろもの》であった。

女狙撃手の顔に、感動とは別の色が広がりつつあった。

「このまま突っ走れ！」

〝大佐〟が叫んだ。

「奴の〝戦場《バトル・フィールド》〟から出るんだ！」

「イエッサー！」

すでに無と化した男の占めていた空間をぶっちぎって、装甲車は前進した。

五〇メートルも離れたとき、

「気をつけろ」

と言ったものがいる。〝大佐〟ではない。せつらであった。

「え？」

バキラがふり返った。

「手応えがある。復活中だ」

現場に残した糸が、どんな手触りを伝えて来たか、せつら以外にはわからない。

彼は立ち上がった。

「降りる」

「――まさか。どうしたって言うの？」

ギルは、高くなりそうな叫びを抑《おさ》えつけた。

「君たちはこのまま行け。まだ、あいつの手の内だ」

皆ためらった。

上部ハッチが、かすかな電子音を上げて開いた。

せつらは路上に舞い下り、装甲車に行けと手を振った。

車は走り出した。

「タフ」

とせつらはつぶやいた。

その眼の前に、路上からコート姿の男が立ち上がったのである。

せつらは言った。「復活中だ」と。

顔にも服にも傷ひとつない。

「何かがおれの動きを止め、ミサイルの方向を変えた。おまえは何者だ?」

「人捜し《マン・サーチャー》」

いかつい石みたいな顔が、うすく笑った。

「おれの名は、ベン・ブリュージュ。いつの間にか〝戦争屋〟と呼ばれている」

「そっちの名は」

知っている、という意味だ。

「いつから?」

とせつら。

男――ブリュージュは怪訝な表情になった。せつらの問いの意味がわからなかったのだ。

少ししてうなずき、

「ソンムの戦いからだ。年齢を三つ偽《いつわ》り、志願して参戦した。いやあ、愉《たの》しかったぞ。特に戦車《タンク》を見たときの驚きと感動たるや、今も胸を熱くするぞ」

「故郷に帰ったら?」

「あれから一〇〇年以上。誰がどこへ行ったのかもわからん」

「戦いっ放し」

「そうだ」

ブリュージュがまた笑った。

「幸い、戦場を求めたのは、おればかりではなかった。何人も仲間がいたよ。お互い情報を交換し、色々なことを学んだ。そのうち、あちこちの紛争当事国から声がかかるようになった。戦いは愉しかった」

「それはそれは。今回の依頼主はアメリカ?」

「それは喋《しゃべ》れんな」

「内容はグレイスンの救出」

「あとは――」

細い眼が嫌な表情を作った。

「関係者の皆殺しだ」

右手のアタッシェケースが真紅の光条《こうじょう》を放った。

それは頭上の虚空へ——大宇宙の涯《はて》をめざして消えていった。

「おまえは⁉」

愕然《がくぜん》とするブリュージュの右手が肘《ひじ》から断たれ、地に落ちた前腕付きのケースも四つに分断された。

恐らく、スイッチは左手に握っていたのであろう。せつらの足下《あしもと》の大地が幾《いく》カ所もめくれ上がった。土とアスファルトを炎が追って来た。

地雷が埋もれていたのだ。だが、ここは住宅街の公道だ。兵士でも、テロリストでさえも、不必要な破壊は逡巡《しゅんじゅん》するだろう。

左右の塀《へい》が震え、崩壊していく。

せつらは空中にいた。

彼は二〇メートル上空から、ブリュージュを見下ろした。彼が顔を上げた。眼が合った。

せつらの頭上から接近して来た翼を持つ影——ドローンが、小型ミサイルを放った。

だが、それは最高速度に達する前に、安定用の尾翼を切り払われて別の方向へ向かった。ブリュージュの位置へ。

炎に包まれ、四散した男を空中で見つめながら、せつらは軽く頭をふった。石塀が倒れ、窓ガラスが爆発した住宅へのエクスキューズだったかもしれない。

何処かでサイレンが鳴りはじめた。

せつらは眼をしばたたいた。

もとの位置に、ブリュージュが立っていた。無傷である。

せつらを見て、にやりとした。

「やるなあ、〈新宿〉の住人は」

せつらは肩をすくめた。

その首すじを冷たいものが走った。

——天の上か⁉

泳いでいる身体は、わずかに遅れた。

地上三万六千キロ——静止軌道上に打ち上げられた「戦争屋β《ベータ》」から放射された粒子《りゅうし》ビームは、今度こそ秋せつらの第七頸骨《けいこつ》と第八頸骨の間を射ち抜き、周囲の肉を焼け爛《ただ》れさせたのである。

世にも美しい黒鳥《こくちょう》は、ゆっくりと前へとのめり、動かなくなった。

「——これでおしまいだ」

ブリュージュは笑ったが、勝利の笑《え》みには苦いものが滲んでいた。

「あんな美しい男——殺したくはなかったな」

つぶやいた眉間が前方へ脳漿《のうしょう》を撒《ま》き散らした。

意識を無へと投じながら、彼は後方から接近するエンジン音を聞いた。

四〇トンの重量が倒れた彼の全身を踏みつぶし、その上で短い前進と後退を繰り返した。「アルマゲドン」が戻って来たのであった。

ハッチが開いて、ライフル片手のギルが上体を現わした。

地上を見て、

「奴はぺしゃんこよ」

それから頭上。

「こっちはどうする？　下ろさないと」

宙に泳いだきりのせつらを、地上へとび下りた二組の視線が貫いた。

「見えない糸を切れるか？」

〝大佐〟が訊いた。

「おれより、ギルの仕事だな。早くしねえと。ありゃ重傷だぜ。つーか、もういっちまってるかもしれねえ」

「それ以上、軽口叩くと、永久に治療の必要がない身体にしてあげるわよ」

言い放ったギルのライフルの銃口はせつらをポイントしている。

消音器のささやくような銃声の先で、せつらの身体が揺れた。落ちない。もう一発。

「弾丸より強い糸らしいわ。何とか下ろさないと」

車体が揺れた。

コート姿が、車の横腹に拳《こぶし》を叩きつけたのだ。

「まさか」

ドルフVの手にホイールが灼《や》きついた。

「やつは不死身なんだ。戦いがある限り、奴は生き続けるんだ」

「そんなことはとっくに分かってる。仕方ねえ——行くぞ！」

「——何のために戻って来たのよ？」

ギルが冷たく言った。

「私たちを逃がしてくれた彼の手助けじゃないの——いいわ」

「おい⁉」

〝大佐〟の声を無視して、ギルは崩れた石塀の瓦礫《がれき》の陰に隠れた。

「行って！」

運転席へ叫んだ。

〝大佐〟が舌打ちした。衝撃が加わった。眼を閉じ、唇を歪《ゆが》めて、

「——脱出だ！」

「それが——怖くて手が動きません」

ドルフVが、ホイールを握りしめたまま喚いた。

「バキラ——替われ！」

「運転の仕方を忘れちまいましたあ」

と肩をすくめる部下へ、〝大佐〟は苦笑を浮かべた。

「——仕様がない。後退しろ！」

「イエッサー」

装甲車は勢いよく下がった。

ブリュージュがバランスを崩す。

「もっぺん、のしイカだあ」

装甲車は再び突進した。

間一髪《かんいっぱつ》、ブリュージュは左へとび、それを見越していたドルフVのホイールさばきは、不死身の男をまたも一〇メートルも撥《は》ねとばした。

「早く——下ろして」

バキラがとび降りた。背中にランドセルに似たメカを背負っている。両手のコード付きスティック・コントローラーをONにするや、メカの両側から突き出たノズルから青白い炎が上がった。ケロシンその他を混合した燃料の噴射によって、みるみる空中上昇に移る。

ぐったりしたせつらに近づき、空中に停止して、片手で脈を取る。瞳孔《どうこう》も調べて、

「死んでる――戻るぞ」

と告げた途端、

「駄目よ、下ろして」

ギルが強く命じた。バキラが眼を剝いたのは、怒りのせいではなく、この冷たい狙撃手の声の中に女の激情を感じ取った驚きゆえであった。

逆らわず、息絶えた身体に手をかけたとき、銃声が上がった。

車載のM60重機関銃が火を噴《ふ》く先で、ブリュージュが電柱の陰へと走った。

「急げ、バキラ。ここは奴の〝戦場《バトル・フィールド》〟だ。手の内から出ないと、いつかやられるぞ」

ギルが悲鳴を上げた。三万六千キロの宇宙から放たれた粒子ビームが車体で弾《はじ》けとび、彼女の背を灼いたのだ。

「どうした⁉」

「大丈夫――スプレーでOK」

〝大佐〟にこう返して、ハッチを閉める。

「バキラ――行け」

「よっしゃ」

せつらを支える糸は意外と簡単に外れていた。装甲車を無視して、右方の住宅上空へと飛翔《ひしょう》する。

「チッ」

上空からドローンが降下し、二〇メートルほど前方で停止したのである。

3

射ち落とす余裕はなかった。ミニ・ミサイルは今度こそ方向を変えず、装甲車のフロント・ガラスから内部のすべてを炎で焼き尽くすに違いない。

五〇メートルも離れた空中で、バキラが停止し、ふり返った。

〝戦場〟と自分との中間地点から、妙な音が聞こえたのである。鈴を鳴らすような音が。

それは〝戦場〟の兵士すべての耳に届いたものであった。「アルマゲドン」の三人もブリュージュさえも、路上へ視線を注いだ。

ひび割れ、瓦礫に埋もれた路上を、手ぬぐいで頬かむりをした老婆《ろうば》が、〝戦場〟へ向かって来るところだった。

右手に銀色の鈴を持ち、左に杖《つえ》をついて、大きな風呂敷包みを負《お》った姿は、〈区外〉でも地方にしか見られない行商人《ぎょうしょうにん》かと思われた。

また鈴が鳴った。それに続いて、嗄《しわが》れた口上《こうじょう》が低く低く──

「よろず争いごとお収めいたします。いつでも声をおかけください」

いつ何処から、という疑問を除いても、その小さな全身から漂う妖気、不気味な声──これはこの世のものではあり得ないと、誰もが納得した。

「何だ、この婆《ばば》ぁは？」

装甲車の運転席でドルフVが眼を凝《こ》らし、ハッチの上でギルがライフルの照準を合わせる。

「一般人を巻き込みたくはない──婆《ばあ》さん、戻れ」

ブリュージュが手を動かしたが、老婆は聞くふうもなく、足も止めずに彼の前まで来ると、杖でその顔を差した。

「それを収めようかねえ」

ブリュージュは、

「誰だ？」

と訊いた。

「収めようかねえ」

老婆がさらに歩を進めた刹那《せつな》、レーザーのかがやきが、その顔面を貫いた。衛星が人間《ひと》に非《あら》ずと判断したのである。

「うっ⁉」

と呻《うめ》いたのはブリュージュのほうであった。老婆の額《ひたい》を射ち抜いた光は、反射して、銃口から内部のエネルギー野を貫き、衛星を破壊してしまったのだ。

その破片と炎は竜のごとく尾を引いて地上へと走り、老婆の背にした風呂敷包みへと吸い込まれた。上側は開いていたのである。

チリン、と鈴が鳴った。

「収めさせていただきました」

もしも、ここに〈魔界都市〉の住人がいたら、ひと目で老婆の正体をこう言い当てたであろう。

あれは、〈お収め婆《ばば》〉だ、と。

二四時間、四季を問わず、住宅街に出没し、通行人の持ち物を奪う。この際の決め台詞《ぜりふ》が、お収めします、だが、それを聞いたものは、否応《いやおう》なしに生命まで「収め」なくてはならない。幸い、出現する場所と時間は決まっているため、住人たちはその間、家に籠《こ》もって息を潜《ひそ》める。通りが〝戦場〟と化しながら、周囲の住人がひとりも現われないのは、このためであった。

次はブリュージュであった。不死身の〝戦争屋〟をどうやって〝収める〟のか。空中のバキラも地上の「アルマゲドン」も固唾《かたず》を呑《の》んだが、老婆は足を止めた。

皺《しわ》だらけの顔が上を向いた。

バキラが、げっと呻いた。

「くぬう」

とM4A1を向ける。

「よしたまえ」

その声が何処から放たれたものか、すぐにはわからなかった。

全員が——老婆とブリュージュを含めた全員が天を仰《あお》いだのである。声はそこからしたとでもいうふうに。

「仕掛ければ、包みの中へ収められる」

ようやく全員の眼が、老婆の背後に停《と》まった黒いロールスロイスと、その前に立つ白い医師を捉《とら》えた。

静謐《せいひつ》が〝戦場〟を覆《おお》った。

美貌《びぼう》が殺意を霧消《むしょう》させたのだ。

「ドクター・メフィストか？」

とブリュージュが訊いた。

「仰《おお》せのとおり」

白い医師はうなずき、

「立場上、殺し合いを見過ごしもできん。行きたまえ」

と言った。

これは、誰にとっても主治医の指示であった。

「あんたも。お収めさせてもらおうか」

メフィストの瞳の中で、老婆がささやいた。

「それもいいが、行くつもりはないのかね？」

むしろ優しい声である。

老婆が前へ出た。

「やむを得ん。病巣《びょうそう》と認める」

その身体がいつの間にか左を向いて、のびて来た老婆の杖をやり過ごし、右手でその先を握った。

途端に白い身体は煙のようにのびて、老婆の包みに呑み込まれた。

〈魔界医師〉が呑まれた⁉

降り注ぐ陽光さえ驚きに凍りついた。

老婆がにィと笑った。

その笑顔が硬直した。

全身が痙攣《けいれん》した。

何に怯《おび》えたのか、わなわなと震え続ける小さな身体は、次の瞬間、おびただしい塵《ちり》と化して四散《しさん》した。

灰色の塵は怨嗟《えんさ》のごとく回転し、乱舞し、上空高く噴き上がって、陽光を遮《さえぎ》った。

ふた呼吸で光が戻ったとき、ブリュージュの姿は消えていた。

老婆の位置に白い医師は立っていた。神秘な博物館に置かれた美しい彫像《ちょうぞう》のように。

装甲車から〝大佐〟とギルが降り、空中からせつらを負ったバキラが降下して来た。

「死んでるよ、ドクター」

と告げるバキラへ、

「行きたまえ」

と黒いリムジンを指さした。バキラは走り出した。

「ドクター、どうしてここへ?」

〝大佐〟が訊いた。

「往診の途中でな」

メフィストはリムジンの方へ歩き出した。

「彼は退院だ」

バキラのことである。

〝大佐〟は苦渋《くじゅう》の相を顔に留《とど》めた。グレイスンを連れ出す術は失われたのである。

装甲車を、〈西早稲田《にしわせだ》〉の貸倉庫のひと棟《むね》に入れてから、四人は頭を集めて次の策を練った。

グレイスンをどう連れ出すか?

〝戦争屋〟をどう始末するか?

〈妖術射撃手〉をどう探《さぐ》り当てるか?

「敵はグレイスンの居場所を知っている。アメリカ政府が連れ出しに来たら、おれたちの出番はない。だが、〝戦争屋〟と女房が邪魔に入るだろう。〈メフィスト病院〉にいる限り、外からの襲撃からはほぼ完璧に守れる。敵が狙うとすれば、外へ出るときだ」

全員がうなずいた。バキラが言った。

「向こうもそう考えてるぜ。問題は女房の鈴香だ。グレイスンを無事に帰すくらいなら一発で仕留めるだろう。まず、この女をどうするかだな」

「ドルフ」

　とギルが声をかけた。

「おお」

「あんた、自慢の技は戦闘より女殺しだと言ってたわね。グレイスンの女房も、抱けば自由にできる？」

「勿論さ。抱ければな」

　うなずく顔は自信に満ちていた。

「おい、何を考えてるんだ？」

〝大佐〟の問いに、ギルは笑顔を返した。百戦錬《ひゃくせんれん》磨《ま》のプロが、背すじに冷たいものを感じたほどの、悪虐《あくぎゃく》に満ちた笑顔だった。

「〝大佐〟、もう諦《あきら》めましょう」

「なにィ!?」

　三人の男たちが同時に叫んだ。全員、鬼の顔になった。

「死にてえのかよ、ギル？」

　ドルフVが低く凄《すご》んだ。


「そうよ。相手はドクター・メフィストと〝戦争屋〟と〈妖術射撃手〉よ。いくら私たちでも荷が重いわ。これから、ひとりずつ納得させてあげる。よく聞いて」

　誰しも従わずにはいられぬ口調であった。

　翌日、ある一団が〈メフィスト病院〉を訪れ、米国防総省からの者だと名乗り、身分証明書と米政府からの指令書を示して、グレイスンの退院を要求した。

　彼らは本物であった。グレイスンも同意し、一同と外へ出た。院長は留守であった。

　病院の門をくぐった途端、政府の男たちは次々に頭部を射抜かれて倒れた。彼らは頭皮《とうひ》のすぐ内側に軽合金の人工頭蓋《ずがい》を嵌《は》め込んでいたが、何処からともなく放たれた弾頭は、物ともせずに脳を貫く徹甲弾であったのだ。

　グレイスンの取るべき道は、院内へ駆け戻ることであったろう。だが、彼はその場に立ちつくし、拳で心臓を叩くや、虚空めがけて叫んだ。

「鈴香、おれはここだ。心臓はここだ。今すぐ射ち抜け」

返事は沈黙だった。身を伏せた通行人たちは声もない。

「射たんのか、殺さんのか？　まだ嬲《なぶ》り殺しの楽しみを味わいたいか？　よし、では射てるようにしてやろう。おれのほうからおまえを殺しに行くぞ」

もうひとつ胸を叩いて、彼は〈新・区役所通り〉を左へ曲がった。待ち構えるのは、世界一の歓楽街〈歌舞伎町〉の雑踏《ざっとう》だ。


〈歌舞伎町〉は二四時間営業だ。朝はさすがに路上の客引きも少ないが、そのひとり――マナスルの辰《たつ》と呼ばれる男は、ホテル街へと続く小路で、いかにも大物ふうの外国人に捕まった。

流暢《りゅうちょう》な日本語で、

「武器が欲しい」

と言う男へ、

「よし、わかった。任しときな。ついて来い」

と手をふって、二軒ほど先の下着ショップの二階へ連れて行った。

「あら、外人さん？」

形も色もとりどりのブラやパンティを並べたショーケースの後ろから、オカマと思《おぼ》しい薄化粧をした男が艶《あで》やかに微笑《ほほえ》んだ。

「おお。武器が欲しいんだってよ。金はありそうだ。心配しねえで見せてやりな」

「あいよ」

カウンターの向こうから、拳銃を握った手が現われた。

「何の真似《まね》だ？」

歯を剝くグレイスンへ、

「〈新宿〉で武器を探すなら、専門店か立ちんぼ武器屋しかねえんだよ。生憎《あいにく》おれは立ちんぼでも、やくざ者《もん》だったってわけさ」

「あたしもよ」

とオカマがウインクして見せた。

その顔が、あら？　とつぶやいた。

眉間に開いたサイズからすると、二二口径以下だろう。それでも、オカマは脳漿をぶちまけて即死したし、愕然とふり向いた辰も喉《のど》を射ち抜かれて崩れ落ちた。

ドアの前に右手をのばして立つ、ボア付きコートの女を、グレイスンは呆然《ぼうぜん》と見つめた。

次に自分の方を向くかと思ったが、消音器付きのベレッタは、静かに下ろされた。

「辰にひっかけられたのね。そこのオカマに射ち殺され、店の裏で硫酸に溶かされておしまいよ。あなた、ただの観光客じゃなさそうだけど、意外と安《あん》直《ちょく》ね」

「仰せのとおりだ」

「何をするつもりだったの？」

「武器が欲しい」

「狙われているの？」

「そうだ」

「いいわ。一緒にいらっしゃい」

グレイスンは少し慌《あわ》てた。

「君が信用できるという証拠はあるのか？」

「目撃者を殺さないことで明らかでしょ」

「しかし——」

「こいつらは、私の弟を殺したの。麻薬を売ってやると言って、この部屋へ連れ込み、射ち殺したわ。その後、バラバラにして、肉屋へ売りやがった」

「それは気の毒に」

「だから、姉のあたしがリベンジしに来たのよ。一年間、サバイバル講座で、たっぷり銃の射ち方と、その後の処理の仕方を学んでね」

ひと呼吸置いて、

「——あたしはリン。北京《ペキン》生まれ」

「グレイスン。アメリカだ」

「ちょうど、関税で揉《も》めてるわね。ここで会ったのも何かの縁よ。いらっしゃい」

女――リンはグレイスンを廊下へ出してから、コートを探って銀色の円筒を取り出した。米軍の携帯用ナパーム弾である。

「極寒地獄でも焦熱《しょうねつ》地獄でも、好きなほうへ行け」

二人が階段を駆け下りる途中で、毒々しいゲル化油の炎が二階を席捲《せっけん》した。

ホテル街の方へ歩きながら、

「これが後の処理か。まるで軍隊だな」

「見た目はＶＩＰだけど、やっぱり、おのぼりさんね。〈新宿〉は、いつも戦場なのよ。ねえ、お金かカードある？」

「ああ」

〈メフィスト病院〉を出るとき、迎えに来た連中から、五〇〇〇万ドルＯＫのキャッシュ・カードと現金で一〇〇〇万円を渡されている。

二人は「ホテル・シャクルトン」へ入った。

第七章　死線凶線

1

金色の剛毛に覆《おお》われた巨体の下で、しなやかな女《によ》体《たい》は無惨《むざん》ともいえるほどねじ曲がり、のたうち、呻《しん》吟《ぎん》してのけた。怒号とも咆哮《ほうこう》ともつかぬ叫びが噴《ふ》き上がった。それが熄《や》んだのは、辟易《へきえき》したらしい隣室の客が壁を叩《たた》いたからであった。

　呼吸を整えてから、女は、

「煙草《たばこ》――喫《す》わないの？」

「ああ。三年前にやめたきりだ。身体《からだ》によくない」

「おかしな外人さんね。喫ってもいい？」

「勿論《もちろん》だとも」

　ベッドを下りて、コートのポケットから紙箱と電子ライターを取って戻る女の手に眼をやって、

「ラッキーストライクか。まだ販売されていたとはな。マイク・ハマーが凄《すご》みを利《き》かせたかな」

「これでやめるわ」

「それはいい心掛けだ」

　女――リンは肺に香料たっぷりの煙を吸い込んで思いきり吐いた。

「いいねえ。ゴジラの火炎放射のようだ」

「ひとつ訊《き》きたいんだけれど」

　リンはグレイスンの分厚い胸に頰《ほお》を乗せた。恋人のような動きであった。笑顔が涼しい。

「何だね？」

「あなたのセックスって、いつもはもっと激しいんじゃないの？」

　グレイスンは苦笑した。

「そうとも」

「どうして、優しくしたの？」

「…………」

「昔の恋人に似てた？」

「なぜ、そう思うんだ？」

「助平《すけべ》親爺《おやじ》が普通のセックスをするときは大概《たいがい》そうよ」

「――そんなところだ」

「よっぽど大事な女性《ひと》なんでしょうね」

「さて、な」

「あたしに似てた?」

「いいや」

「なら、どうして?」

「よくわからん。絶対に似てはいない。君より数等美しく、淑《しと》やかだったと思う」

「ご挨拶《あいさつ》ね」

「だが――よく思い出せない。昔むかしのことだがな」

「別れたのね。それも喧嘩《けんか》別れ」

「断定するな」

「そういうときは、大抵《たいてい》、男が悪いのよ。そうでしょう?」

「そうかもしれんな」

リンは、もう一度煙を吸い込み、今度は静かに吐いた。それから残りを灰皿に押しつけ、

「ああ、充分」

と両手を広げて伸びをすると、またコートに近づき、ショルダー・ホルスターに入ったベレッタM99と長短の弾倉が入ったマガジン・ケースをぶら下げて、ベッドに戻った。

「アメリカ人なら使い方はわかるわね?」

「何とかな、ベレッタははじめてだが」

「他の自動拳銃《オート》と変わりはないわ。ここが安全装置《セフティ》、下ろして引金《トリガー》を引けばBANG」

「ふむ」

「ベレッタは女物だと嫌がるアメリカ人は多いらしいけど、銃撃の最大のポイントは、銃本体じゃなくて弾丸よ。ミサイルよりも発射装置が大切って人間はいないわ」

「ふむ」

「このベレッタM99の弾丸は、戦車の砲弾と同じ、HEATシステムを組み込んであるのよ」

いきなり、リンは叩かれた壁へ向かって、セクシ

ーな喘《あえ》ぎ声を上げはじめた。グレイスンが思わず股間を見下ろしたほどの恥知らずな淫声であった。

　たちまち壁はまた叩かれた。

　ひょいとベレッタを持ち上げ、リンは引金を引いた。

　壁に小さな穴が開き、男女の悲鳴が上がった。火災報知器が鳴り響き、凄《すさ》まじい水音が洩《も》れて来た。

「HEAT弾は、弾頭内の成型炸薬《さくやく》が、命中と同時に六〇〇〇度以上の炎を噴きつけて戦車の装甲を溶かし、灼熱《しゃくねつ》のジェット噴流で内部を焼き尽くすの。この九ミリ弾には、威力《パワー》は一〇分の一だけど、同じ効果を生じさせる弾頭が付いているのよ。どんな防弾服も盾《たて》も役に立たないわ。車内の人間は皆殺しよ。サイボーグだろうと、戦闘用アンドロイドだろうと同じ。戦車砲の一〇分の一のパワーって凄いわよ。ただし、仕掛けが重い分、弾速は音速《マッハ》を切るわ。あまり遠距離からだとよけられてしまう。消音器をつけると、さらに遅くなってしまう」

「構わんさ。拳銃で遠くから射《う》ち合うこともあるまい」

「弾倉は一五発入り二本と三〇発入りの長弾倉《ジャム》が一本。全自動《フルオート》もいけるけど、万にひとつの引っかかりはいつでも起こり得る。そのつもりで使いなさい」

「確かに」

「身を守るだけなら、これで充分でしょ。頑張《がんば》って生き抜きなさいな」

　グレイスンは、悪戯《いたずら》っぽい眼差《まなざ》しを、リンの顔に与えた。

「何とかするさ。だが——君は?」

「いいセックスができて、さっぱりしたわ。サンキュー、ミスタ……」

「グレイスンだ」

「グレイスン」

　リンはベレッタを彼の手から取って、右のこめかみに当てた。

「おい⁉」

「早く行きなさい。じき管理人が来るわ。愛《いと》しい女性《ひと》に間違われたのは、はじめてよ。嬉《うれ》しかったわ」

かすかな音は、左のこめかみから、直径一〇センチほどの炎の奔流《ほんりゅう》を噴出《ふんしゅつ》させた。それが窓までのびて、接触寸前に消滅したとき、リンは床に伏していた。

グレイスンはベッドから下り、リンの死体を眺《なが》めてから着替えに取りかかった。

武器を身につけ、ドアのところまで行って、ふり向いた。

かすかな感傷が彼をその場に立ち尽くさせたが、そのレベルを告げるように、すぐに部屋を出て行った。

廊下では、火災報知器が鳴っていた。隣室の前に、素っ裸の若いカップルが立ち尽くし、男のほうが、グレイスンに気づくや、怒りの表情も凄まじく駆け寄って来た。

「てめえ――いきなり人の部屋へミサイルなんぞ射ち込みやがって」

「すまん」

「ふざけるな、謝《あやま》って済むことかよ。おい、弁償《べんしょう》しろ」

「それは――このホテルの管理人に対してはな」

「莫迦《ばか》野郎、これを見ろ」

若い男は股間を指さした。

「うーむ」

「感心するな。あのミサイルのお蔭《かげ》で、急性勃起《ぼっき》不全になっちまった。おい、ペイだ、ペイ」

支払《ペイ》いのことである。

差し出された手を無視して歩き出そうとすると、耳障《みみざわ》りな音が消えた。

「――――？」

宙を仰《あお》いだ男の横で、エレベーターのドアが開いた。

四つの人影が現われた。

戦闘服に身を包んだ〈機動警官《コマンド・ポリス》〉であった。

「何だ、おまえらは？」

若い男が叫んだ。

「火事だぞ。警官じゃねえ。消防士の出番だ」

警官のひとりが、麻酔銃を向けるや、カップルはその場へ崩れ落ちた。

別のひとりがグレイスンへ、

「同行願います」

「君たちは？」

「大使館の別動隊です。病院へ伺《うかが》った連中がお身体につけた追跡子《トレーサー》を追って来ました」

「油断も隙《すき》もないな」

グレイスンは苦笑した。

「〈区長〉と話をつけて、移動するのに一番問題のない衣裳《いしょう》とポリス・カーを借りました。こちらへ」

グレイスンは黙ってエレベーターに乗って一階まで下りた。

無人のフロントへ眼をやったのを見て、

「眠らせただけです」

とひとりが答えた。

二人が先に出て安全を確かめ、グレイスンと残りが続いた。

ホテルの前にはパトカーが停《と》まっている。異変はそこで起こった。

乗せようとする警官姿の手をふり払ってグレイスンが、ベレッタを向けたのだ。

「武器を捨てろ」

驚愕《きょうがく》よりも呆気《あっけ》に取られたまま、マグナム・ガンとアーマー・ベストを外す四人へ、

「弾丸はＨＥＡＴ弾仕様だ。その服も中身も丸焼きになる。パトカーだけ貸してもらおう」

「何のつもりです？」

「あなたを狙《ねら》うテロリスト集団が何組、この街をうろついていると思います？」

「私はとうに死刑を宣告されて、電気椅子《いす》にかけている。後はスイッチを入れるだけだ。幸い、執行人に異議を申し立てることはできそうだ」

ベレッタが唸《うな》った。麻酔銃を向けようとした一人の足下《あしもと》に、火球が生じた。

「それでは」

パトカーに乗り込むと、サイレンなしで走り出した。

「どういうつもりだ⁉」

いきり立ったひとりが、マグナム・ガンを向けたが、パトカーは小路を右折して消えた。

「今度会ったら、手足をぶち抜いて連れてくぞ」

口々に悪罵《あくば》を放つその背後から、

「では、おれを射たせてやろう。ニセ警官どもめ」

四人が殺気を孕《はら》んでふり返った。

表情が変わった。安堵《あんど》へ。

「――おまえは？」

「脅《おど》かすな」

「どうしてここへ来た？」

「おまえたちと同じさ」

と参入者は答えた。


「色々と大変だな」

ドクター・メフィストの言葉に、ソファにかけた人物は、悪びれもせずに、

「まったく」

と答えた。〈メフィスト病院〉の謎のひとつ、院長室である。他に人はいないが、いたとしても邪魔にはならず、ほとんど夢想状態で、虚空《こくう》を仰いでいるだろう。そして、半年や一年は醒《さ》めることを知らぬ。

玲瓏《れいろう》たる美貌《びぼう》と美貌の邂逅《かいこう》は、この世ならぬ静けさと青い光に包まれた院長室をも陶然《とうぜん》とさせていた。

「敵はまだ来るぞ」

「仕様がない」

せつらは首の後ろを叩いた。オッさんくさい動きだが、この若者がやると神秘的と言えるほど美しく見える。

「グレイスン氏が失踪《しっそう》してから、〈区長〉と米大使館からのクレームが凄まじい。正直苦笑が洩れるほどだ」

「それは凄い」

せつらは茫洋《ぼうよう》と、

「けど、向こうにもそれが限界とわかってる」

この白い医師に苦笑を浮かばせるクレームが、それ以上のレベルに達することはない。そうしてはならないと、〈新宿〉の人間も大使も知り尽くしているのだった。

「グレイスンの行く先がわかるのかね？」

「興味がある？」

「いいや」

「正解」

せつらは両手を広げ、欠伸《あくび》をひとつしてから、立ち上がった。友人との世間話に飽《あ》きたとでもいうふうに。

だが、それ以前に、彼は二度死んでいる。

一度は自宅で射殺され、二度目は路上で静止軌道上からの粒子《りゅうし》ビームを浴びて。

ドクター・メフィストといえども死者を甦《よみがえ》らせるのは不可能だ。では、このせつらは何者なのか？

だが、数分後、迷うこともなく病院を出た人捜《さが》し屋の姿は、陽光の下といえども、いつものごとく美の高みを極《きわ》めていた。

〈秋せんべい店〉の手前でタクシーを降りると、すぐに倍くらい大きな装甲車が横づけして、上部ハッチからヤム・バキラが、おーいと片手をふった。

せつらは見ようともせず先を急ぐ。

「おい、澄まして行くなよ。グレイスンのことで新情報があるんだ」

せつらは足を止めずにそちらを見た。

2

男女五人が入ると、六畳間でも狭い。それが、何となく余裕を持って坐《すわ》り込めるのは、装甲車のスペースに慣れている「アルマゲドン」ならではだろう。苛酷《かこく》な環境は時に奇妙な芸当を人間に可能ならしめる。

「話を円滑にしたいわね」

全員器用に胡座《あぐら》をかいた中で、ギルが言った。

バキラが大仰《おおぎょう》にうなずいた。

「そうそう。お茶くれえ欲しいよな」

〝大佐〟とドルフVも、同感だという顔つきだ。

「日本のお茶だけど」

「おお、番茶結構」

と揃《そろ》って笑顔になった。

人数分淹《い》れて、卓袱台《ちゃぶだい》の上に載《の》せると、慣れた手付きで取り上げ、

「おお、イケるぜ」

とバキラが眼を細め、

「やっぱ、日本はこれだよね」

ドルフVが眼を丸くした。

「あれ、ないの？」

とギルが訊いた。せつらは少し首を傾《かし》げた。

「あれ？」

「あれよ。おたくの店で売ってるやつ」

「せんべい」

「それだ」

と〝大佐〟が笑《え》みを見せた。

せつらが店に通じる廊下へ出ると、背後で歓声と拍手が湧き上がった。堅焼きとざらめを持って来ると、また湧いた。

「これが日本《ジャパン》だ」

堅焼きをバリバリやりながら、バキラが湯呑《の》みをふり廻《まわ》した。

「実に美味《うま》い。醤油《しょうゆ》の沁《し》み方が絶妙だ。焼き方と

時間に秘伝があるのかね」

〝大佐〟の賞讃は、せつらをさらに茫洋とさせたようだ。

「このお茶も堪《たま》らねえ」

ドルフVが、うっとりと湯呑みを眼の高さに上げた。

「まるで麻薬だ。日本てな魔法使いの国だなあ」

「プラスとっても綺麗《きれい》」

ギルが呻《うめ》くように言った。半分かじられたざらめを手にして、せつらを見つめている。

「気をつけろよ、ギル」

とバキラが冷やかした。

「標的がみんな彼に見えちゃ、引金を引けなくなるぜ」

「何なら、あんたにしてやろうか?」

「ママ、助けてえ」

「秋人捜し《DSM》センター」のオフィスは、真昼のパーティ会場と化していた。

せつらは〝大佐〟を見つめて、

「話」

と言った。

「そうだ、こりゃ失礼」

湯呑みに残った番茶をひと口飲《や》って、〝大佐〟は話しはじめた。

「あんたとドクターと別れてから、おれたちはドローンをとばして病院を探《さぐ》っていた。今朝の退院と殺人も知っている。ギルにも劣らない狙撃手だ。その後もグレイスンを追った」

「ほお」

とせつら。

「彼は路上の立ちんぼに武器を求め、あるビルに連れ込まれたが、その後から入って行った女と一緒に出て来て、近くのホテルへ同行した」

「ほお」

どう首を捻《ひね》っても、訳《わけ》のわからない状況だが、この若者には当たり前らしかった。

「——一時間ほどで、この街の警官の格好をした男たちが四名、パトカーで乗りつけ、じきにグレイスンと下りて来た。ところがグレイスンは彼らに銃を突きつけ、威嚇《いかく》に一発足下へ射ち込むと、パトカーを奪って逃走したんだ」

「ほお」

「無論、ドローンで追った。ところが、その後で警官たちは惨殺されてしまった」

どんな鉄の神経の持ち主でも、へえと驚くところだが、やはり、

「ほお」

であった。確かに、まともに生と死について考えていたら、一日でノイローゼになりかねない街だ。

代わりに、

「グレイスンは？」

と訊いた。

「居場所はわかってる」

「なら、訪問先を間違えてる」

〝大佐〟は首を振った。

「正しい訪問先へ行ったら、米政府の二の舞いだ」

〈メフィスト病院〉退院時の殲滅《せんめつ》狙撃のことである。

「軟弱者」

「無駄死にはできんのだ。だから、お邪魔した」

「ほお」

「あんたにグレイスンを連れ出してくれとは言わん。それができればいちばんいいのだが、ＯＫはしてくれまいな？」

「職種違い」

「だと思った」

〝大佐〟は苦笑して、

「〈妖術射撃手〉——鈴香グレイスンの行方を突き止めてほしいのだ」

「…………」

「君の幼馴染《おさななじ》みだというのは百も承知だ。そこを曲げて頼む。謝礼は勿論出すし、彼女を絶対に傷つ

けないと約束する」

「無理」

せつらはイヤイヤをした。自分の胸を指さし、

「狙われる」

と言った。

「そのリスクは曲げて受けてほしい」

「冗談コロッケ」

「アルマゲドン」がみな首を傾げた。なまじ日本語が話せるだけに混乱したのである。

「君が行方を突き止めてさえくれれば、我々はドローンに麻酔ガス弾を積んで、彼女の下へ送り込む。ひと息吸えばダウンの即効性だ。後はライフルさえ奪ってしまえば、〈妖術射撃〉の天才でも、為《な》す術《すべ》はないだろう」

「机上の空論」

とせつらは言った。

「完全防備の地下室にでもいたら、ドローンは侵入不可。気づかれたら、ここにいる全員、一分もかけずに皆殺し」

「はい」

ギルが手を上げた。

「行く先さえわかれば、外出したときに、私が麻酔弾を射ち込むわ。彼女は透視能力者《クレアボヤンス》じゃあない。見えないところから狙えば一発よ」

「外したらお終《しま》いさ」

とせつらは返した。

「リスクが大きすぎる」

「私を信じてちょうだい」

ギルはせつらを見つめ、すぐに眼を閉じた。バキラが身を乗り出して、

「ギルは一〇〇〇人以上を一発必中であの世へ送ってきたんだ。信じてくれ」

「一〇〇一人目でミスったら後がない。あんたたちもBANG」

「この仕事についたときから覚悟の上さ、なあ」

と声をかけ、一同がうなずいたところへ、

「傭兵《ようへい》じゃないんで」

　平気で水をかけるせつらであった。

「そんなに、昔の彼女が大事？」

　ギルがやや疲れた、冷たい声で訊いた。

「グレイスン狙いのテロリストが刺客《しかく》を送り込んだって話もあるわ。鈴香のことも知ってるはずよ。私たちはグレイスンを護衛すればいいのだけれど、テロリストは殺しが目的よ。まず鈴香が狙われるわ。いくら〈妖術射撃〉でも、顔を知らない相手は射てない。対して相手は殺しのプロよ。鈴香のアジトにミサイルを射ち込むくらいは平気でやるわ。そうしたら、何もかも元《もと》の木阿弥《もくあみ》だわ。みんなあの世行きよ」

　だから、と念を押すように、

「私はしくじらない、絶対に」

　ギルはまた、せつらを見つめた。

　表情は緩《ゆる》まなかった。声にならないどよめきが六畳間に広がった。

　全員の意識が集中する前に、

「断わる」

　とせつらは言った。はっきりと茫洋と。

「アルマゲドン」の保有するドローンは三機であった。〈新宿〉で入手しようと思えば、その千倍万倍は軽く集まるが、費用は莫大《ばくだい》な額にのぼる。

　それを苦にもしないところがあった。

　アメリカ合衆国国防総省と中央情報局――ＣＩＡである。

　彼らは最新型のドローン――一万機を〈新宿〉に送り込んだ。全長一センチに満たぬ最新型は、雲霞《うんか》のごとく街中に散り、まさしく神の眼と化して〈新宿〉中を探査したのである。犠牲は伴《ともな》った。蚊《か》や新種の妖虫だと判断した人々が、容赦《ようしゃ》なく叩きつぶしに邁進《まいしん》したのである。

　投入後一時間で三分の二が破壊され、残る三分の一の半分が、三〇分後に撃墜された。理由は、

「めざわりだ」

「やかましい」

「でけぇ蚊だ」

　であった。メカだと知れた住宅地の一部では、〈区外〉からの暗殺兵器だと噂《うわさ》が立ち、〈新宿警察〉が出動となった。何よりも激怒したのは、〝情報屋〟たちであった。他所《よそ》から何万人もの同業者が営業妨害しに来たのと等しかったからだ。

　派遣後三時間——生き残ったドローンは、わずか七機にすぎなかった。

　だが、もはや彼らは用なしであった。

「グレイスン確認」

の声が上がったのは、〈新宿〉への全機投入後、一時間ほどであった。

　ドアがノックされたとき、鈴香は一枚の写真を見ていた。デジタル・カメラからプリンターで印刷したものである。

　撮ったのは、X年前。彼女に抱かれて微笑《ほほえ》んでいる子供は、二歳であった。

　見るたびに涙が溢《あふ》れる。出なくなると願ったが、無駄だった。

　チャイムが鳴った。

　素早く、ソファ横に立てかけたＫａｒ《カール》98をドアに向けた。高宮は近くの「スタバ」へコーヒーを飲みに出かけていた。

「僕だよ」

「え!?」

　意識が遠のいた。せつらの死は、相棒に告げられていたからだ。

　我に返ると、ソファに横たわっており、その前にせつらが立っていた。失神したのを運ばれたらしい。

「どういうこと?」

　Ｋａｒ98に手をのばす気にもならなかった。

「いくら〈魔界都市〉でも、こう都合よく幽霊は出て来ないわよね？」

「足がある」

軽くタップを踏んで見せた。

「相変わらず下手《へた》ね。でも、本物なのね」

「そうそう」

何度もうなずいた。

「どうしてここが？」

「君の相棒に殺されたとき、糸を巻いておいた」

「それで、か。でも殺されたって――」

「別の僕――ダミーって呼ぶ」

「へえ」

〈メフィスト病院〉で造り出されたせつらが三〇体以上いると、誰かが言及していなかったか。

「殺されたり生き返ったり大変ね。あなたは本物なのかしら？」

せつらは小首を傾げて、

「はて」

と言った。鈴香は噴き出した。

「この街らしいわ。で、何の用？」

「グレイスンのことだ」

「帰って」

「人殺しが多すぎる。殺《や》るなら、ひと思いに今」

とんでもない内容を口にする幼馴染みを、鈴香はきょとんと見つめた。

「昔からあなたが出て来ると、事態はいつもこんがらかった。今でもそうなのね」

「ははは」

「でも、今度はＮＯよ。黙ってお帰りなさい」

「いや、だから」

「あの男《ひと》は、まだ苦しみ足りないわ。私の万分の一でも味わうまでは許さない」

「測定はどうやる？　相当後悔してるよ。そろそろ楽にしてやったら？」

「駄目よ」

「うーむ」

せつらは宙を仰いだ。

「わざとらしいわねえ」

「うーむ」

「帰ってよ」

「わかった」

せつらは頭を掻《か》いた。

「それじゃ仕様がない」

鈴香は小さく、

「ごめんなさい」

と言った。その身体がひょいとソファを下りた。

自分ではあり得ない動きだった。

「ちょっと——それ⁉」

ライフルにのばそうとした手は、ぴくりとも動かなかった。

「卑怯者《ひきょうもの》」

と鈴香は叫んだ。

3

見えない糸にがんじがらめにされたその眼の前に、ふわりとモーゼルとトランペット・ケースが浮かび上がった。

「⁉」

空中で分解されたKａｒ98がトランペット・ケースに納まるまで、鈴香は眼を離さなかった。

ケースは彼女の左手に握らされた。

「着いたら渡す。そしたら使え」

「離せ」

それ以上、指一本動かせないまま、鈴香はホテルを出た。

「何処《どこ》へ行くの?」

「内緒」

「もう」

すれ違った観光客の一団が、たちまち列を乱した。ふり返って立ち止まった男女に、よろめく男女がぶつかり、しゃがみ込む連中も出たためだ。

せつらはタクシーを拾った。

車が停まった場所を見て、

「ここにいるの？」

鈴香は、ぼんやりと訊いた。

驚きはすでにない。

せつらが運転手に告げた目的地を聞いた途端に呆気に取られてしまったのだ。

車を下りて、鈴香は通りの向こうに建つ小さな店とこれに続く母屋《おもや》をある感情を込めて見つめた。

「何度か来たわよね」

「そうそう」

「中で何したんだろ。あなたがあんまり綺麗だったので、それ以外のことは覚えていないわ」

「さあ」

せつらは通りを渡った。

「行きたくないわ」

「彼には何もさせない。君は好きなときに射て」

相変わらず、とんでもないことを言う幼馴染みであった。

六畳間へ導《みちび》いた。

「いま来る」

せつらは廊下へ出て行った。店へ出る他に、誰も知らない部屋へと通じるルートでもあるのか、一分としないうちに、グレイスンを連れて戻った。

「パトカーを奪ってから、君と話し合いたいと言って来た。仲よく――」

と言ってから、鈴香の眼差しに気づいて、

「――無理か」

元夫を貫《つらぬ》いていた元妻の眼が、不意に動揺した。

「違うわ」

「え？」

せつらは鈴香を、間髪容《かんはつい》れずグレイスンを見た。

「これは――グレイスンじゃない。私にはわかるの！　自由にして！」

鈴香はトランペット・ケースを掴《つか》んだ。Ｋａｒ98を組み立てるまで、三秒足らずであった。

肩付けする。グレイスンの表情が変わった。

「やめろ、鈴香！」

叫びつつ、拳銃を抜いた。

次の瞬間、彼は彫刻と化した。

「偽者《にせもの》」

とせつらは言った。

Ｋａｒ98の銃身を下ろして、

「わかるの？」

「拳銃が違ってる。ベレッタがワルサーだ。これはダミーだ」

誰かがグレイスンを拉致し、せつらが巻いておいた糸を偽者に移したのだ。

「アメリカ？」

せつらは訊いた。あまりにもよく出来た合成人間である。〈新宿〉製でなければ、国単位の開発力がなくては生み出せまい。

「そうだ」

蚊の鳴くような声であった。

「ここへ連れて来たのは誰だ？」

「……ベン……ブリュー……ジュだ」

「〝戦争屋〟め。いつ来た？」

「三、四十分前だ」

鈴香と会話していたときだ。いかにブリュージュが超人だとしても、妖糸《ようし》の巻き直しにせつらが気づかなかったのは、意識が会話に集中していたせいだろう。行く先は〈区外〉――アメリカ大使館に違いない。

携帯が震えた。

せつらが耳に当てたとき、鈴香がライフルを持ち上げた。

「よせ。爆弾は抜いた」

せつらが低く伝え、電話に、何でもないと答えてから、

「歯に爆薬を詰めた擬似《ぎじ》人間なんて山ほど見てき

た。最初から発火装置は壊してある」

「ひょっとして、私が指摘する前から、偽者だって――」

それには答えず、せつらは携帯に戻った。

「失礼。いや、何でも――ん?」

沈黙の聴取を六、七秒続け、

「了解。捜す」

と切った。ダミーは凍りついている。

「変節漢《へんせつかん》が出た」

と言った。

「――ブリュージュが?」

眼を丸くする鈴香へ、

「ここからグレイスンを連れ出した後、連絡を絶ったそうだ。大使館と本国のCIAが調査したら、某国のテロ組織と接触していたとわかった」

「たるんでるわね、CIA」

鈴香は軽蔑《けいべつ》の口調になった。

「じゃあ、グレイスンはテロリストに売られたわけ?」

「そうそう」

「お願い、すぐ捜して」

「オッケ」

これにはせつらも異存がない。

「こいつはどうするの?」

憎悪の瞳が偽のグレイスンを貫いた。

その輪郭《りんかく》があやふやに変わり、みるみる妖色を混ぜ合わせた絵具のように溶けてしまったのは、恐怖のあまりだろうか。

「生命《いのち》のタイム・リミット」

「憎たらしい男だけど、いい眺めじゃないわね」

「もう乾いた。後は拭《ふ》けばいい」

せつらは携帯を取り出した。

三つの〈門《ゲート》〉の管理事務所へ、グレイスンとベン・ブリュージュの〈区外〉への通行はなかったかとメールを送る。

「テロリストは『生命の炎』のメンバーが六名、昨日の一三時一九分に入ったきりだ。ブリュージュも出て行った記録はない」

「管理事務所でそんなことわかるの？」

鈴香が呆《あき》れたように訊いた。

「意外とデータは揃ってる。事件に関わった組織とメンバーは、上から下の端まで世界中の分があるはずだ」

「怖い街ねえ」

「君の故郷だろ」

鈴香は肩をすくめ、それから、

「ほどいてくれたの？」

「緩めただけ。おかしなことをしたら、すぐにぎゅっ」

「はいはい」

うんざりしたように応じたが、眼は笑っている。

「三〇分近い余裕があったのに、まだ脱出してないって、どういうこと？」

「さて」


正しい答えだった。


その三、四十分前に、〝大佐〟の携帯が鳴った。ドルフVからであった。一同は〈大久保駅〉近くの廃墟《はいきょ》に装甲車ごと入り込んでいた。「生命の炎」のメンバーを、〈大久保駅〉前で見かけたという。

「あの殺人鬼どもか。――ひとりか？」

「二人――アジム・カーヘイラとツヴァク・サフィテンデだ」

「尾《つ》けろ。死んでも観光気分に浸《ひた》る連中じゃない」

タクシーを拾った二人は〈早稲田ゲート〉近くの「スタディ・ホテル」に入った。

エレベーター前まで尾けて、五階で止まったのを確かめ、ドルフVは〝大佐〟にその旨《むね》を伝えて、ラウンジに席を取った。コーヒーを飲んでいると、グレイスンとブリュージュが入って来た。

連絡を受けて、〝大佐〟はすぐ行くと返した。

彼らが到着したとき、ラウンジにドルフVの姿はなかった。ウエイトレスに訊くと、いかつい外国人が来て連れ去ったと告げ、メモを手渡した。

「このメモを読んだら、五〇八号室へ行き、それから三〇分後、〈天神森《てんじんもり》〉へ来い」

とあった。

〈抜弁天《ぬけべんてん》〉に程近い森である。

「三〇分か――〝戦場〟を用意するつもりだな」

「先に行くわ。後は任せる」

ギルは飄然《ひょうぜん》と外へ出た。

五階の一室で〝大佐〟とバキラが見たものは、血の海の中に横たわる四人のアラブ人たちであった。

「どういうこったい？」

さすがに眉《まゆ》をひそめるバキラへ、

「交渉決裂だな」

〝大佐〟は苦々《にがにが》しく言った。

「条件が合わなかったってわけか。まあいい。お蔭でこっちに出番が廻って来たぜ。色男だの〈新宿〉だのアメリカ大使館だのが出張《でば》って来る前に、片づけちまおうや」

「勿論だ」

と応じたきり、〝大佐〟は沈黙した。それは戦いの勝利がいかに困難かを示すものであった。

〝戦争屋〟は無論、あらゆる戦地へ区別なく赴《おもむ》く。それが宿命だからだ。だが、平時《へいじ》においては、その宿命の命じるままに、自《みずか》ら〝戦場〟を造り出すのだった。

「こちらも用意がいる。幸いあと三〇分。その間に〝武器屋〟へ行くぞ」

所在地は、ガイドブックにも載っている。数も多い。

幸い近くに一軒あった。

表向きは〈区民〉用の妖物用火器販売だが、店の裏には、それこそ市街戦ＯＫの兵器まで揃っているのだった。

目的の武器はすぐに見つかったが、値段を聞いて、二人は眼を吊《つ》り上げた。

「相場の五倍じゃねえか。ふざけるな」

年配のいかにも守銭奴《しゅせんど》ふうの親爺は、平然と、

「この街の相場さ。嫌なら他を当たりな」

と返した。

「わかった。もらおう」

「おい」

とバキラが抗議しても〝大佐〟は黙って支払い、品物を受けとって、他に客もいない店を出た。

「業腹《ごうはら》だぜ、おりゃあ」

ふり返るバキラへ、

「急ぐぞ」

と言ってから、通りかかった観光客ふうのカップルに声をかけ、

「よお、ビリーじゃねえの」

若い男は、きょとんと立ち止まった。彼はこの国の人間だったからだ。

「あんた――誰？」

と出た瞬間、爆発が起こった。〝武器屋〟の店舗であった。

「イエイ！」

狂喜するバキラを、カップルは呆然と見つめた。

「他に客もいないし、小さな爆薬《ビリー》だから、運がよきゃ助かる――あばよ」

最後まできょとんとしっ放しのカップルを置いて、急ぎ足になった。

〈天神森〉に着いたのは、二分前であった。

異常は見られない。ざっと見たところ、広場も森もある。ブランコやジャングル・ジムや滑《すべ》り台や砂場に、子供たちが遊んでいる。周《まわ》りは木立ちが固めている。

「七人――ベンチに母親が計四人」

平穏な光景というしかない。

二人は広場へ入った。

「気をつけろ。レーダーも赤外線探知器も頼りにゃならん。信じられるのは勘《かん》だけだ」

「わかってるって」

二人は砂場の左側を抜けた。
三、四歳の男の子ばかりが、砂の城やトンネル製作に励《はげ》んでいる。
ひとりが、眼の前に並べた砂団子《すなだんご》のひとつを摑むと、笑いながら立ち上がって二人の方へ投げつけた。

地を蹴《け》って分かれたその真ん中で、砂の塊《かたまり》は爆発した。手榴弾《しゆりゆうだん》だったのだ。

他の子も城やトンネルの中から拳銃を摑み出した。

地に伏したまま、

「本物か⁉」

とバキラが訊いた。

「いや、眼の光が違う。合成人間か化物《ばけもの》だ」

「了解」

返事と同時に、バキラの手から銀色の円筒が砂場へと弧を描いた。

焼夷《しょうい》手榴弾である。


ふくれ上がる炎塊《えんかい》の中に砂場と少年たちは呑み込まれた。

二人は立ち上がった。

公園内の者はすべて敵と見るしかない。ベンチの大人たちにM4A1を向けると、あわてて両手を上げた。瞳が怯《おび》えていない。

五・五六ミリ弾の猛射が彼らを薙《な》ぎ倒した。次々に消えていく。幻覚だったのだ。静かな陽光のさしめぐむ公園は、今や狂気に満ちた〝戦場〟であった。

第八章　「戦後」に立つ影たち

1

「そろそろ出て来いや」

バキラが叫んだ。

「こんな戦争ごっこいつまでやってたって、埒《らち》があかねえ。早いとこ決着をつけようじゃねえか？ そっちがひとりなら、こっちもひとりになるぜ、それでどうだ？」

返事はなし、と見て、

「大体、グレイスンを渡すはずのテロリストたちも死んじまったんだろ。ならこっちへ渡せや。妥当《だとう》な値段で引き取るぜ」

もう一度、なあと言いかけ、バキラはそれを呑《の》み込んだ。

前方の木立ちの中から、ブリュージュが現われたのである。

「グレイスンは森の中にいる。捜《さが》して連れて行くがいい。ただし、おれを斃《たお》してからな」

「ああ、そのつもりだぜ！」

M４A１は、バキラが腕を垂《た》らした位置から火を噴《ふ》いた。手首のみ上向けて引金《トリガー》を引いたのだ。弾道は正確にブリュージュの心臓を貫《つらぬ》いた。コートの下は防弾ベストだろうが、HEAT徹甲弾《てっこうだん》は、命中した瞬間、頭部から一万度超のジェット噴流《ストリーム》を放出し、象狩り用ライフル弾も阻止《そし》するセラミック鋼板を、いともたやすく貫通してしまう。ラブホでリンが、グレイスンに与えた弾丸と同じだ。

ブリュージュの背中から火球《かきゅう》が噴出《ふんしゅつ》した。一〇〇分の一秒の差で、心臓を外していた。

左へ移動しつつ、コートの下からレーザー・ガンを抜いた。

真紅《しんく》のビームが砂地を叩《たた》き、ジャングルジムを薙《な》ぎ払った。鉄の遊具が二つになる。

無限長の刃《やいば》は、バキラを襲った。

その鳩尾《みぞおち》に、四〇ミリ榴弾《りゅうだん》が食い込んだ。ブリユージュも二つになった。ちぎれた上半身が五メートルも森の奥へととんだ。

「まだ安心するな」

〝大佐〟の叱咤《しった》がとんだ。旧式のAK47ライフルの銃身下に取りつけられた四〇ミリ榴弾筒《グレネード・ランチャー》は、まだ白煙を噴《ふ》いていた。

「とどめを刺すぜ」

バキラがM4A1を向けた。

「あン⁉」

射撃姿勢は、金縛《かなしば》りの態《てい》となった。

吹っとんだブリュージュの上半身と下半身を、赤い糸状のものがつないでいた。

「腸か？　腱《けん》か？」

何にせよ、それは分裂した身体《からだ》同士をつなぎ戻そうと試みていた。

鳩尾から上と下、及び四散した肉片が、じわじわとにじり寄って行くではないか。

「化物め」

引金を引こうとした刹那《せつな》、

「待て」

森の中から人影が走り出た。ケル＝テックKSG4ショットガンを肩付けしている。ドルフVであった。

「——射《う》て！」

叫びざま、〝大佐〟がAK47の銃口を移した。

ショットガンの銃声は、大口径ライフルに匹敵《ひってき》する重さを備えていた。

〝大佐〟の首から上が消滅した。多量の血肉と骨片が舞い狂う。

「ドルフV⁉」

薬か術か。ブリュージュの傀儡《かいらい》と化した朋輩《ほうばい》の銃口が、自分のライフルより早くこちらをポイントするのを、バキラは見た。

彼の眉間《みけん》に小さな穴が開くのも。

よろめいた。

倒れない。

バキラが射った。

HEAT弾はドルフVの心臓から背中へ六〇〇〇度のオレンジ球を出現させた。

崩れ落ちたドルフVの顔は、白眼を剝《む》いていた。

「憑《つ》かれたか」

バキラは〝大佐〟の方を見ようとはしなかった。死者は甦《よみがえ》らない。死の確認をしても無駄なことだ。

引金を引いた。続けざまに火球が生じ、それが重なった巨大な半球の内部に、ブリュージュの身体はなかった。

「森の中だ！」

見えざる女狙撃手《そげきしゅ》に叫んで走った。

地面が陥没《かんぼつ》した。

「うわわわわ」

身体は腰まで土中に嵌《は》まっていた。

「何じゃい、これは⁉」

粘度は泥より低い。何とか移動できる。

「おかしな池こしらえやがって——ん？」

森まで約一五メートル。その二、三メートル手前の地面が盛り上がったのだ。

戦慄《せんりつ》がバキラの身体を締めつけた。ブリュージュが離脱しても、ここはなお〝戦場〟なのだ。

「聞こえるか、ギル？」

口もとのマイクに放った。

「ええ。罠《わな》にかかったのね。その土の中に何かいるわ」

「何とか脱出する。カバーを頼んだぜ」

「お任《まか》せ」

何かの動きが土を伝わって来た。

バキラは土中へM4A1を乱射した。焼夷《しょうい》徹甲弾は何メートル前進しても、硬物に命中しない限り、炸裂《さくれつ》はしない。

動きは八メートルほど手前で左方へ転じた。

黒土が吹っとんだ。一メートルもあるハサミが続いた。

そのつけ根に火球が生じた。

『砂鮫』——おかしなもの飼ってやがる」

近頃、テロリストたちの間で流行中の〝生物兵器〟の一種だ。合成縮小した危険生物をカプセルに封入し、分子構造を粗くした土中に入れておく。敵が土に沈んだのを確認した上でカプセルを破壊すれば、本来の姿に戻った〝兵器〟は、猛スピードで敵に襲いかかる。

震えは左方へ移動中であった。流れ水を思わせるスムーズさだ。土を液状化する物質を分泌可能——通説だ。

「早く上がって。まだ片手が残ってるわ」

「了解」

バキラは後じさった。距離を空けて震動はついて来る。

背が固い地面に触れた。身を捻って両手をかける。凄まじい震動が襲いかかった。本当のスピードを敵は隠していたのだ。

「バキラ⁉ 何処かにいるギルは、土中から仲間の首をはさむ黒い爪を見たに違いない。

それはつけ根から切れて、土中ヘと吸い込まれた。

「え?」

震えが離れていくのを感じて、四方を見廻したバキラの眼は、公園の出入口から妖々と歩み寄る黒衣の美影身を捉えた。

少し遅れて、トランペット・ケースを手にした女がついて来る。

やっと土から出たとき、せつらは彼のかたわらに立っていた。

「ご無事?」

「——何とかな。 助けてくれたのか?」

「いやまあ」

「何にせよ、礼を言うぜ——〝大佐〟も、ドルフⅤもやられちまった。もうひと働きしねえと、新メンバーも集まらねえ」

「ここに」

いろという意味だろう。バキラは激しくかぶりをふった。

「そうはいかねえ。森の中にゃ仇《かたき》と儲《もう》け話が待ってるんだ。あんたこそ邪魔すんな」

「私も行くわ」

鈴香が前へ出――ようとして止まった。

「放して」

「ここで待て。連れて来る」

「おい、ひょっとして――グレイスンの女房か？」

「元《もと》」

「はじめて見たぜ。別嬪《べっぴん》だな」

「ギルは？」

「ああ、どっかにいるさ。ライフルの射程内にな。いつもそうなんだ」

「助けた報酬《ほうしゅう》に、同行してもらおう」

「何ぬかしやがる。おれが連れてってやるぜ」

「どちらでも」

「ブリュージュとグレイスンはあの森の中だ。ここは奴《やつ》の〝戦場〟だ。この国じゃ何つったかな――」

「土俵《どひょう》」

「それだ」

通信器へ、

「――というわけだ。行くぞ」

「気をつけて」

「どっちに言った？」

「いま頭を吹きとばされたいほうよ」

「へいへい」

肩をすくめて、バキラは歩き出した。仲間たちの死体には眼もくれない。

「この人を頼む」

とせつらが、バキラのマイクに向かって言った。

返事はない。

「女心のわからねえ奴だなあ。これだから、色男てのは嫌なんだ」

「？」

森の手前で、

「どうしてここがわかったんだ？」

「あれだけ派手にやらかせば、目撃した奴は必ず情報屋へ売り込みに行く」

「すげえデブなんだってな。それか？」

「ワンノブゼム」

「色んな奴がいる街だな」

「まったく」

二人は森へ入った。

ふわりと身体が五〇センチばかり浮いた。

「な、な？」

「下を見ない」

「お、おお」

「糸の上を歩ける？」

「二本なら何とかな」

「オッケ」

せつらの返事に首を傾《かし》げてから、バキラは森の中を見廻し、また傾げた。

森といっても住宅街の中に許可されたものである。端から端まで見通せる。

だが、ゴーグルに映るのは、昼なお暗き巨木の列と大枝の木の葉――その間から差し込む細い帯のような光のみであった。

「どうせバレてるんだ。こっちから挨拶《あいさつ》といくぜ」

言うなり、胸もとのＭ４Ａ１を肩付けした。闇と光が同時にぶれた。焼夷徹甲弾の嵐が木立ちを火球で包む。赤い瘤《こぶ》のもたらす疾病《しっぺい》によって幹《みき》は腐り倒れていく。

すぐに尽きて三〇連弾倉《マガジン》を取り換《か》えたとき、二人は宙に舞った。

木立ちの奥から、レーザー・ビームが二人のいた空間を薙ぎ払ったのだ。

二人が空中にいるうちに、その地点から低い呻《うめ》きが洩《も》れた。

下りたのは、元の地点だった。

「神業《かみわざ》だ」

とバキラは呻いた。彼をも持ち上げ、無事に着地させただけでも凄《すご》いのに、またも、張り渡された二本の糸の上だとは。

「間一髪《かんいっぱつ》でレーザーを躱《かわ》したな。射たれるってわかったのか？」

「勘《かん》だよ」

それが、この異次元の魔境で秋せつらを生き延びさせてきた秘密なのだろう。

「負傷してる」

とせつらは言った。攻撃地点を確かめ、妖糸《ようし》の一撃を送ったのだ。

「首はとばした。復活後に始末しよう」

「おお」

五〇メートルほど進んで、せつらは太い木立ちにあいた洞《うろ》と、その前に倒れたブリュージュの胴体を見つけた。首は五メートルばかり右手に転がっている。

「また動き出してやがる。くっつくな！」

ブリュージュの生首と胴は二〇個の火球の中に消えた。

せつらが地上へと下りて、洞の中を覗《のぞ》いた。

グレイスンが横たわっている。

ふわりと浮かして、きょとんと見つめるバキラへ、

「出よう」

と告げた。

ブリュージュの〝戦場〟が崩壊したものか、木立ちの向こうには、住宅の壁や街灯が見えた。

バキラは安堵《あんど》の息を吐《つ》いた。

「あれ？」

せつらがいなかった。グレイスンもだ。

あわてて森を出た。

二人は、鈴香を残して来た場所にいた。鈴香のみいない。

せつらは鈴香の身体に妖糸を巻いておいた。誰か

がそれを断《た》ち、鈴香を運び出したのだ、せつらに気づかれず。グレイスンを見つけた段階で、せつらは切断に気づいた。バキラを残して戻った理由は、それであった。

　携帯が鳴った。

「鈴香の相棒兼射撃の師匠だ」

　と男の声が言った。高宮である。

「はいはい」

「グレイスンを解放しろ」

「は？」

　と思ったが、鈴香の目的は〈魔界都市〉に放逐《ほうちく》したグレイスンに、この世ならぬ恐怖を味わわせることだ。

「〈区〉に渡すことになってる」

「それは我々の目的と異《こと》なるのでな」

「なら、射てば」

「まだまだ、だ」

「こちらも仕事で」

「では——鈴香を殺す」

「は？」

　さすがに、せつらも呆《あき》れた。

「非論理的」

「これは鈴香の出した条件だ」

「はーん」

「どうかしたのか？」

　バキラが駆けつけて来た。すぐに事情を察したらしく、

「おかしい。ギルが見張ってたはずだ」

「傭兵《ようへい》が戻ったな。そいつの仲間も預かっている」

「捕まったらしい」

　とせつら。

「莫迦《ばか》な。命令もなしに持ち場を離れる女じゃねえぞ」

「——だ、そうだ」

　とせつら。

「私が鈴香の血液内に注入した人工血液の出す信号

を辿《たど》って、そこへ着いたとき、女狙撃手は鈴香をいたぶっていたよ。余程《よほど》、憎む事情があったらしい」

鈴香もグレイスンの血中に位置確認のための放射性物質を注入しておいた。お互い様というわけだ。

「すぐ返せ」

「そうはいかん。鈴香を使っての脅《おど》しが効《き》かん場合のカードだ。ま、必要もあるまいが」

「うーむ」

「悩む必要はあるまい。おまえたちはただ、グレイスンを放逐さえすればいい。後はおれたちがやる」

「何処にいる？」

「しゃべると思うか？」

「いーや」

「おかしな奴だな。とにかくグレイスンを放せ。でないと鈴香が死ぬぞ」

「話したい」

「駄目だ」

言い切ってから、明らかに動揺の気配が伝わって来た。

2

電話の向こうで、大丈夫よ、と小さく言い放ってから、

「無事ですか？」

と鈴香の声が鼓膜《こまく》を打った。

「何とか」

幼い頃から変わらぬせつらの挨拶であったろう。

「グレイスンを放して――〈魔界都市〉の名が本物ならば、そこで心底苦しめてやって」

「もう一遍、話してみたら？」

「そうとも」

せつらの言葉から内容を察知したらしいバキラも近寄って言い募《つの》った。

「あんたの亭主は冷てえが悪い人間じゃねえ。亭主が女房ほど子供に愛着がねえのは、仕方のないこっ

たよ」

「死んだ子供がそう聞かされて、納得すると思う？」

「いいや。だが、いつまで怨《うら》んでもキリがねえぜ。人間《ひと》の精神《こころ》てのは、結局、自分で折り合いをつけねえ限り、いつまでも暗いことを考え続けるものなんだ。しかもよ、どんどん暗く深くなっていくんだなあ、これが。だから、そろそろ見切りをつけようじゃねえか。な、奥さま」

少し間があった。効果あり、と見たか、バキラはまた声を張り上げた。

「いいか――」

何処かから飛来した弾丸が、バキラの右腿《みぎもも》を貫いた。ズボンの繊維《せんい》は防弾用のケブラーであったが、ライフル用徹甲弾は、戦車の装甲貫通用だ。大腿骨《だいたいこつ》を射ち砕《くだ》かれて、バキラは呆気《あっけ》なく横転した。

「くっそー、またかよ」

「よせ」

せつらは彼の前に立って庇《かば》った。

「私の狙《ねら》いはグレイスンと邪魔をする者たちよ。お願い、放置してから消えて」

鈴香の声の向こうで、撃鉄《ハンマー》を起こす音がした。

「いま鈴香の頭に狙いをつけた」

と高宮が言った。

「どうしてもグレイスンを連れて行こうというなら、おまえを射つしかない。しかし、それはできないそうだ。後は自分の生命《いのち》と引き換えるしかあるまい。射つのはおれが頼まれた」

「射てる？」

「これで、彼女の気が済むならば、な。選ぶのはおまえだ」

「おい――ここは降参しようぜ」

せつらの足下《あしもと》でバキラが呻いた。向こうに聞こえないくらいの低声《こごえ》で、

「うちもひとり押さえられてるし、あんたも女を犠牲にするわけにゃいかねえだろ。グレイスンを放り

出しても、あんたがいりゃすぐ見つかるさ。そのとき、もっと上手《うま》い手を考えりゃいいぜ」

「オッケ」

交渉成立だ。

せつらは携帯へ、

「わかった」

と言った。

「もうひとつ——今後、グレイスンには一切《いっさい》手を出すな。捜すなということだ」

「オッケ」

こうなった以上、ゴネても仕方がない。

「では、彼を〈歌舞伎町〉へ連れて行け。そこで放り出すんだ」

「オッケ」

「ギルは——どうするつもりだ⁉」

バキラが叫んだ。

「こちらの要求を入れたら返してやろう」

「約束?」

とせつら。

「するとも」

「オッケ」

携帯を切ると、せつらは動いたとも見えないのに、二つの身体はふわりと宙に浮いた。

そのまま公園を出て、せつらはタクシーを拾った。

宙に浮いていようが、足が血まみれだろうが、〈新宿〉のタクシーは忌避《きひ》しない。

すぐに一台が停《と》まって、〈歌舞伎町〉へと走り出した。

「〈歌舞伎町〉の何処へ行くんだ?」

バキラの顔は血の気を失いつつあった。

「いいとこ」

「なあ、奴らはおれたちが何処にいるかわかりゃしねえんだろ。なら、このまま〈区外〉へ出ちまったらどうだ?」

「バレたら、何処に隠れても一発」

「そらそうだ。あいつらを片づけるしかねえわけか。おい、何とかしろよ、〈新宿〉一の人捜し屋さん」

「ふふふ」

「何だ、いい手があるのか?」

「全然」

「こん畜生《ちくしょう》」

〈靖国《やすくに》通り〉を〈新宿駅〉から続く〈セントラルロード〉との交差点で降りた。その前に、〈メフィスト病院〉へ、と申し出たせつらを、バキラは拒否した。

「冗談じゃねえ。ここまできて外れるもんか」

「出血多量」

「んなもな。とっくに治療してある。いつでも医療キットを持ち歩いてるんでな。骨はぶち折れたが、片足で充分いけるぜ」

「お好きに」


まだひっくり返っているグレイスンとバキラを立ち上がらせ、〈コマ劇場〉の前まで来た。ぎくしゃくと歩く二人を見て面白がるのは観光客で、〈区民〉は見向きもしない。

〈コマ劇場〉はシャッターを下ろし、

「現在休館中」

の札がかかっていた。半年をかけて改修中なのだ。

「ここへ放り出すか?」

「そう」

せつらはさっさと、規制線《キープ・アウト・テープ》をまたいで玄関へ近づいて行く。

一メートルほど手前で、シャッターが上がりはじめた。

バキラは無感動である。この美しい若者といると、何も驚くことはない。

見えないチタンの糸が忍び入って、開閉スイッチを操作した戸口から入ったロビーは、しかし、無人とはいえなかった。

床に蠢《うごめ》いていた影たちが、素早く後退し、また近づいて来る。三人の足に触れようとした刹那、鉤《かぎ》爪《づめ》が切断され、腕が分離する。

ロビーを抜けて場内へ入った。

客席は撤去され、天井や壁の飾りも剝《は》がされて、コンクリートの地が剝き出しだ。

床の真ん中へグレイスンを投げ出し、

「後は任せる」

と告げて、せつらはバキラへ、

「来る？」

「あ、ああ。こんなところは真《ま》っ平《ぴら》だ」

おぞましげに見渡す視線の先で、またもや異形《いぎょう》の影たちが散った。

携帯が鳴った。

「〈歌舞伎町〉にいるな？」

高宮であった。

「〈コマ劇場〉の内部《なか》。危ないのがウヨウヨ」

「グレイスンは元気か？」

「寝てる」

「寝てる？——起こせ」

せつらは妖糸を送った。何処をどう刺激したのか、グレイスンは跳《は》ね起きた。

「行こう」

「おお」

仕切りのドアを閉じる寸前、悲鳴が聞こえた。

「ＨＥＬＰ！　と言ってたぜ。案外、だらしねえもんだな」

「人間だから」

「そりゃそうだ」

そこへ高宮の声が、

「さっさと失《う》せろ。断っておくが、おまえたちが見えない位置に、偵察用ドローンをとばしてある。おかしな素振りでも見せたら、女狙撃手を射つ」

「解放は？」

「おまえたちが〈コマ劇場〉を出てからだ」

二人は外へ出た。

〈メフィスト病院〉へ向かう。

バキラを預けて、せつらはすぐ〈コマ劇場〉へと戻った。

「おい、待て」

叫びが追って来た。


二つの影が劇場内に入って来た。

苦鳴《くめい》が空気を染めていた。

ゲラウェイ、モンスターズと怒号《どごう》が放たれている。

様々な色彩の影が、床上のグレイスンに食らいついて離れようとしない。肉が裂ける音に、
ポリポリ
ポリポリ
これは骨をかじる音か。

こちらへ手をのばしてくるグレイスンへ、

「思い知った？　自分の犯した罪とその罰の痛みを？」

こう尋《たず》ねたのは、鈴香である。かたわらの高宮が、総毛立《そうけだ》ったような顔つきになるほど、冷酷な声音《こわね》であった。

「鈴香か……」

グレイスンの声に、怒りと苦痛以外の感情が湧いた。首に肩に胴に群がっていた影たちが、ぎょっと離れ、今度は二人の方にも近づいて来た。

「鈴香……」

グレイスンが右手を上げた。

凄まじい姿だ。

顔の左半分は髑髏《どくろ》と化し、右眼は赤黒い空洞である。血は流れ尽くしたか、吸い尽くされたか、だ。

「せつら君——いいところへ置いてってくれたわ」

鈴香の表情は冷たく——少しこわばって見えた。

「あなたは肉体の痛み、私は精神《こころ》の痛み——やっと、あの子と同じになれたかしら」

「あの子は……おまえより……」

グレイスンの噛《か》みちぎられた唇の間から、呪文《じゅもん》を唱《とな》えるような声が流れて来た。鈴香がKar98を肩づけした。

「……おまえより……おれに……なついて……いた……おまえは……昔からおれを……憎んでいた……それと……あの子のことも……だ」

「莫迦を言わないで！」

轟音《ごうおん》が場内を駆け巡《めぐ》った。

「あの子は――生まれたときから、私の生命だった。魂《たましい》まで私のものだったのよ。私も尽くし抜いたわ。それを――何だっていうの⁉」

「おまえは……あの子に……確かに魂まで捧《ささ》げていた……嘘《うそ》じゃない……だが……あの子はそれを……嫌っていた……おまえの愛し方は……こうだ……ママはこんなにあなたを愛しているのよ……おまえのために……死んでもいいくらい……おまえたちは……朝から晩まで……一緒だった……あの子には……それが鬱陶《うっとう》しくて……堪《たま》らなかった……のだ……だから……おまえが見ていないところでは……いつも……おれに抱きついて……きたんだ……」

「嘘よ……嘘よ……嘘よ」

「おれは……何も言わなかった……言ったら……おまえは……あの子を虐待《ぎゃくたい》しはじめただろうから……な……だから……黙っていた……それがよかったのか……悪かったのか……よくわからん」

「よくも――そんな嘘を――」

Kar98が唸《うな》った。グレイスンはのけぞり、上半身を床に叩きつけた。

右の肩が欠けている。

「おまえは……母親だったが、よい母親にはなれなかった……だが……それを言っても……失われた生命は戻って……来ない……」

まさしく死者の叫びであった。鈴香はKar98を落とし、両耳をふさいだ。やってきたことに間違いはなかった。だが、自分が鎮魂《ちんこん》を求めた相手の精神は……

「射て」

と高宮が促《うなが》した。

鈴香の両手は耳を押さえ続けていた。

高宮がグロックを上げた。

「おれが代わりに――」

「やめて！」

銃声が轟《とどろ》いた。

よろめいた高宮の鳩尾に血の花が花弁《かべん》を広げていく。鈴香の右手にもグロックが硝煙《しょうえん》を吐いていた。

鈴香のアポーツ――背中のホルスターに納まった拳銃は抜かれることなく、その手に移ったのだ。

「こうなるような……気はしていたが……な」

高宮の口から血塊《けっかい》がこぼれた。彼はなお武器を持ち上げようとした。

その胸を背後から一メートルを超す鋼《はがね》の刃《やいば》が貫いた。

唸りを上げて、高宮の身体は工事中の舞台の奥に叩きつけられた。それを認めてから、鈴香はふり向いた。

「――ブリュージュ……」

「あの公園から尾《つ》けてきた――美しい若者をな」

不死身の〝戦争屋〟の声にも、とろけるような響きがあった。右手は肘《ひじ》から刃に変わっていた。

「もう用は済んだはずよ。グレイスンは、いま死ぬわ」

「それはどうでもいい。最初からな」

「………」

「おれの生きる場所は戦場だ。戦いの場がある限り、おれはそこにいる。おまえの夫を連れて行けば、そこに新たな戦場が生まれる。そうやって、おれは永遠に生きるのだ」

「そうはさせないわ」

鈴香はＫａｒ98を拾い上げて、グレイスンに狙いをつけた。

「よせ」

銃身が弧を描いた。ブリュージュの眉間に、射《しゃ》入孔《にゆうこう》が穿《うが》たれたのは、次の瞬間だった。

巨体が倒れるのも見ずに、鈴香はグレイスンの下《もと》へと走って、血まみれの身体を抱き起こした。

「歩いてちょうだい。私ひとりでは無理だわ」

両眼から涙が溢《あふ》れた。

「何とかなるさ」

グレイスンは穏《おだ》やかに言った。

鈴香は高宮の方を向いた。

右手のグロックが硝煙を上げている。瀕死の〈妖術射撃〉は狙いを過《あやま》たなかったのだ。

ブリュージュの横を通り過ぎた。

その身体が起き上がった。

「急ぐわよ！」

鈴香は床を蹴《け》った。思うよりずっとスムーズに進んだ。足並みが揃《そろ》っているのだった。それも絶妙に。

「泣いてもはじまらんぞ」

とグレイスンが言った。

「女が泣き出すと、いつまでも止まらん」

「大きなお世話よ」

ロビーへ出た。

黒衣の人影が入って来た。

「せつら君」

「仲のいいこと」

世にも美しい声と同時に、背後に迫る気配が消えた。

鈴香は、幼馴染《おさななじ》みのかたわらを抜けて外へ出た。

せつらもすぐ後を追って来た。

元夫の身体がひどく重いのに鈴香は気がついた。

顔を向けて、

「――――!?」

息を呑んだ。血は一滴も流れていないのに、首が消えていた。惚《ほ》れ惚《ぼ》れするほどの切り口は、ブリュージュの蛮刀《ばんとう》のものではなかった。

ふり向いた。

せつらとブリュージュが相対していた。

いつものせつらだったが――違う。

「面倒臭くなった」

せつらは右手に持っているものを掲《かか》げた。

グレイスンの首を。

〝戦争屋〟の全身から力が抜けた。

「さすが、〈魔界都市〉代表。とんでもない真似《まね》をする」

長い吐息が洩れた。生者のものか、死人《しびと》のもののか。

「おまえは、私と会った」

せつらがつぶやくように言った。

いつもの声だ。だが、いつもの声ではなかった。

「私と闘《や》るか、〝戦争屋〟?」

不死身の戦士は敗北を知らぬ。死を知らぬ者が必ず勝つ。だが、その無敗の顔を、今はっきりと恐怖の相が支配したではないか。

それを留《とど》めたまま、彼は、

「いや、やめておこう」

と言った。

「確かに、これでおれの大義はなくなった。戦う目的がなければ、おれはその地にいられん。だが、おまえとこの街とは――いつかまた会うような気がひどくする」

「縁があったら」

せつらの声は、最後まで茫洋《ぼうよう》としていた。戦いが終わろうと、終わるまいと、それは変わらないのだろう。

ブリュージュは歩き出した。

鈴香には眼もくれずに、そのかたわらを通り過ぎた。

その姿が〈駅〉の方へと続く通りへ吸い込まれてから、

「つなぎに行くぞ」

とせつらは声をかけた。

「……何を?」

とつぶやいてから、鈴香は眼を丸くした。

「つながるの、この首？」

「そう切っておいた。私でもたやすく使える技ではない。後はメフィストが何とかする」

首なしの身体が、ふわりと起き上がった。遠巻きにしていた観光客と〈区民〉が、さすがにひええと後じさる。

「これからどうする？」

せつらが訊いた。

少し沈黙してから、鈴香が口を開いた。

「私――」

何と言うつもりだったのか。

その眉間に小さな穴が付着するのを、せつらは見た。

後に、〈コマ劇場〉での戦いが生じる少し前、グレイスンとその争奪戦関係者を求めて〈新宿〉中を駆け巡っていた〈機動警官《コマンド・ポリス》〉たちが、〈左門町《さもんちょう》〉のホテル「ヴィーヌ」の一室で、捕らわれの身らしい女を確保したが、眼を離した隙《すき》に逃亡したと知れた。

ギルだったのかもしれない。

せつらはすぐに二人の死者を〈メフィスト病院〉へ届けたが、片方はついに生き返らなかった。

病院を出るとき、〈区役所〉やどこぞやの大使館の所属と思《おぼ》しい男たちと遭遇《そうぐう》した。彼らは、ぎょっとしたように身を避《よ》けた。

彼らが見たものは、美しいだけの若者ではなかったのかもしれない。

「アルマゲドン」の生き残りたちがどうなったのか、せつらにはわからない。翌日、装甲車もバキラも〈新宿〉から姿を消していたのである。病院の受付に、

世話になった

この国の下手《へた》な文字で記《しる》されたメモが残されていた。

その晩、せつらのもとへ何本も電話がかかって来たが、彼は一度も出なかった。

グレイスンは、翌日、無事な姿で、〈区長〉や在日アメリカ大使ともども〈新宿〉に現われ、〈早稲田大学〉構内で、「グレイスン・アームズ」は〈新宿〉から撤退する旨《むね》の宣言を行なって、〈区長〉及びその取り巻き全員を、絶望の淵《ふち》に投げ込んだ。

本書は書下ろしです。

あとがき

以前、ファンからこんな質問を受けたことがある。

「せつらって、どういう人間《ひと》なんでしょうか？」

もうひとつ。

「普通の過去を持っているのでしょうか？」

それはある。

これまでの作品内でも、何度か言及したはずだ。

しかし、

「覚えてません」

「記憶にありません」

ファンたちは断言する。

それほど印象に残らない設定だったのであろう。

「あれくらい美形なら、恋愛沙汰《ざた》なんて、山ほどあるでしょう」

「それ書いてくださいな」

「うーむ。恋愛物は苦手でねえ」

美形美形と言うが、せつらのそれは、常識の範囲に収まらない。

私も色々考えて、普通の作品ではサングラスをかけさせたこともあるが、何か様にならないのでやめてしまった――というか、かけさせるのを忘れた。

こういう男が若い頃、男女共学の高校にでも通っていたらどうなるのか？　誰も近づきはしないだろう。恋ごころを抱《いだ》く余裕もなく、ただただ美の陶酔《とうすい》に身を任《まか》せ、行き着く先は、あらゆる感情も感覚も喪失《そうしつ》した純粋な虚無《きょむ》に違いない。女性も男性もそれを本能的に察する。さわらぬ神に崇《たた》りなし。邪神、妖神――そして、美神にもだ。

しかし、それでは話が進まない。

そこで私は、平気で真理を覆《くつがえ》して、幼馴染《おさななじ》みを作り上げた。幼馴染みだろうが何だろうが、せつらの美貌《びぼう》に免疫《めんえき》はあり得ないが、なくては前述のとおり、作品にならないから、やむを得ん。盲目にするわけにもいかないし――といま思って、閃光一閃《せんこういっせん》。

盲目の少女とせつらの恋愛という手もあるな。

次やろーっと。

で、今回はこうなった。
正直、こういうまともな人間関係よりも、異形《いぎょう》の恋やら殺し合いのほうが性《しょう》に合うのだが、試してみました。あまり、突き詰めず、気楽に読んでいただきたい。

二〇一八年九月
「愚行録」（'17）
を観ながら。

菊地秀行

ＰＳ．映画館
好きなジャンルの大作が絶滅寸前。
「エイリアン：コヴェナント」（'17）
まだこんなストーリーをよしとするか。
「ブレードランナー２０４９」（'17）
この映画、どういう神経じゃ。金にうるさいハリウッドが、よくこんな脚本でＯＫしたものだわい。

「シェイプ・オブ・ウォーター」（'17）

アカデミー作品賞おめでとう。お蔭《かげ》で仲間がどんどん作られる。でも、無理ありすぎだよ。

結局、最近観た映画の中で、いちばん面白かったのは、古き遠い物語――

「大アマゾンの半魚人」（'54）

と、

「死霊の町」（'60）

と、

「双頭の殺人鬼」（'59）

でありました。やれやれ。

ノン・ノベル百字書評

キリトリ線

なぜ本書をお買いになりましたか（新聞、雑誌名を記入するか、あるいは○をつけてください）

- □ （　　　　　　　　　　　　）の広告を見て
- □ （　　　　　　　　　　　　）の書評を見て
- □ 知人のすすめで
- □ タイトルに惹かれて
- □ カバーがよかったから
- □ 内容が面白そうだから
- □ 好きな作家だから
- □ 好きな分野の本だから

いつもどんな本を好んで読まれますか（あてはまるものに○をつけてください）

●**小説**　推理　伝奇　アクション　官能　冒険　ユーモア　時代・歴史　恋愛　ホラー　その他（具体的に　　　　　　　　）

●**小説以外**　エッセイ　手記　実用書　評伝　ビジネス書　歴史読物　ルポ　その他（具体的に　　　　　　　　）

その他この本についてご意見がありましたらお書きください

最近、印象に残った本をお書きください		ノン・ノベルで読みたい作家をお書きください	

1カ月に何冊本を読みますか	冊	1カ月に本代をいくら使いますか	円	よく読む雑誌は何ですか	

住所					
氏名		職業		年齢	

あなたにお願い

この本をお読みになって、どんな感想をお持ちでしょうか。

この「百字書評」とアンケートを私までいただけたらありがたく存じます。個人名を識別できない形で処理したうえで、今後の企画の参考にさせていただくほか、作者に提供することがあります。

あなたの「百字書評」は新聞・雑誌などを通じて紹介させていただくことがあります。その場合はお礼として、特製図書カードを差しあげます。

前ページの原稿用紙（コピーしたものでも構いません）に書評をお書きのうえ、このページを切り取り、左記へお送りください。祥伝社ホームページからも書き込めます。

〒一〇一―八七〇一
東京都千代田区神田神保町三―三
祥伝社
NON NOVEL編集長　日浦晶仁
☎〇三（三二六五）二〇八〇
http://www.shodensha.co.jp/bookreview/

NON NOVEL

「ノン・ノベル」創刊にあたって

「ノン・ブック」が生まれてから二年一カ月、ここに姉妹シリーズ「ノン・ノベル」を世に問います。

「ノン・ブック」は既成の価値に〝否定《ノン》〟を発し、人間の明日をささえる新しい喜びを模索するノンフィクションのシリーズです。

「ノン・ノベル」もまた、小説《フィクション》を通して、新しい価値を探っていきたい。小説の〝おもしろさ〟とは、世の動きにつれてつねに変化し、新しく発見されてゆくものだと思います。

わが「ノン・ノベル」は、この新しい〝おもしろさ〟発見の営みに全力を傾けます。ぜひ、あなたのご感想、ご批判をお寄せください。

昭和四十八年一月十五日
NON・NOVEL編集部

NON・NOVEL —1042

魔界都市ブルース　傭兵戦線《ようへいせんせん》

平成30年10月20日　初版第1刷発行

著　者　菊《きく》地《ち》秀《ひで》行《ゆき》
発行者　辻　浩明
発行所　祥《しょう》伝《でん》社《しゃ》
〒101-8701
東京都千代田区神田神保町 3-3
☎ 03(3265)2081(販売部)
☎ 03(3265)2080(編集部)
☎ 03(3265)3622(業務部)
印　刷　萩原印刷
製　本　ナショナル製本

ISBN978-4-396-21042-7　C0293　Printed in Japan

祥伝社のホームページ・http://www.shodensha.co.jp/

サイコダイバー・シリーズ①〜⑫
魔獣狩り 新装版　夢枕 獏

サイコダイバー・シリーズ⑬〜㉕
新・魔獣狩り〈全十三巻〉　夢枕 獏

長編超伝奇小説 新装版
魔獣狩り外伝 聖母隠陀羅・美空曼陀羅　夢枕 獏

長編超伝奇小説 新装版
新・魔獣狩り序曲 魍魎の女王　夢枕 獏

長編超伝奇小説
魔海船〈全三巻〉　菊地秀行

マン・サーチャー・シリーズ①〜⑮
魔界都市ブルース〈十五巻刊行中〉　菊地秀行

魔界都市ブルース
青春鬼　菊地秀行

魔界都市ブルース
青春鬼 魔人同盟　菊地秀行

魔界都市ブルース
青春鬼 魔人同盟 完結編　菊地秀行

魔界都市ブルース
闇の恋歌　菊地秀行

魔界都市ブルース
青春鬼 夏の羅刹　菊地秀行

魔界都市ブルース
妖婚宮　菊地秀行

魔界都市ブルース
〈魔法街〉戦譜　菊地秀行

魔界都市ブルース
狂絵師サガン　菊地秀行

魔界都市ブルース
美女祭綺譚　菊地秀行

魔界都市ブルース
虚影神　菊地秀行

魔界都市ブルース
屍皇帝《しこうてい》　菊地秀行

魔界都市ブルース
〈魔界〉選挙戦　菊地秀行

魔界都市ブルース
〈新宿〉怪造記　菊地秀行

魔界都市ブルース
ゴルゴダ騎兵団　菊地秀行

魔界都市ブルース
黒魔孔《こくまこう》　菊地秀行

魔界都市ブルース
餓獣の牙　菊地秀行

魔界都市ブルース
傭兵《ようへい》戦線　菊地秀行

長編超伝奇小説
ドクター・メフィスト **夜怪公子《やかいこうし》**　菊地秀行

長編超伝奇小説
ドクター・メフィスト **若き魔道士**　菊地秀行

長編超伝奇小説
ドクター・メフィスト **瑠璃魔殿《るりまでん》**　菊地秀行

長編超伝奇小説
ドクター・メフィスト **妖獣師ミダイ**　菊地秀行

長編超伝奇小説
ドクター・メフィスト **不死鳥街**　菊地秀行

長編超伝奇小説
ドクター・メフィスト **消滅の鎧《アーマー》**　菊地秀行

魔界都市迷宮録
ラビリンス・ドール　菊地秀行

魔界都市プロムナール
夜香抄《やこうしょう》　菊地秀行

魔界都市ノワール
媚獄王《びごくおう》　菊地秀行

最新刊シリーズ

ノン・ノベル

長編超伝奇小説
傭兵戦線《ようへいせんせん》 魔界都市ブルース 菊地秀行
〝戦場〟と化した〈新宿〉で、せつら、追憶の女を追う⁉

四六判

奇想小説集
ねじれびと 原　宏一
日常の平凡を決める組合、いつも駅にいる女…摩訶不思議な奇想小説集。

長編ミステリー
春は始まりのうた マイ・ディア・ポリスマン 小路幸也
夜空に浮かぶ桜と、白いお化け！？〈東楽観寺前交番〉、怪事件出来中！

長編小説
ウェディングプランナー 五十嵐貴久
人生最高の一日にしたい！本当の幸せを探すブライダル小説

長編小説
ドライブインまほろば 遠田潤子
峠道の食堂を一人で営む比奈子。ある日、少年と幼女が現われ……。

好評既刊シリーズ

ノン・ノベル

長編推理小説
十津川警部 長崎 路面電車と坂本龍馬 西村京太郎
死を呼ぶ歴史論争。十津川がたどり着いた、明治150年の決着とは？

四六判

長編小説
僕は金《きん》になる 桂　望実
特別な人生に憧れていたんだ。普通なぼくとおかしな家族の四十年

長編ミステリー
ドアを開けたら 大崎　梢
ご近所さんの遺体が部屋から消失⁉中年男と高校生のコンビが謎を解く